私を救った言葉たち

The words
that saved me

山口路子

ブルーモーメント

はじめに

あなたはどんなふうに生きていますか？
考えて考えて、考えすぎて眠れない夜を過ごすことはありますか？
誰も自分のことをわかってくれないという孤独を感じることはありますか？
幸せにならなければ、という焦燥のようなものが胸にありますか？
傷つきやすい自分をもてあましていますか？
感受性が強くていろんな物事に反応し、疲弊してしまうときはありますか？
いましていることが無駄な努力なのではないか、と不安になることはありますか？
なにもかも終わりにしてしまいたい衝動におそわれることがありますか？

生き続けるということはたいへんなことです。

いままでの人生、何度もふらついて、何度も立ちつくして、何度もがくりと膝をついて、何度もばたりと倒れて、何度も暗闇に落ちました。

そんな息苦しいさまざまな状況のなか、私を救ってくれたのは、数々の本、そこにある言葉でした。

立ち直る足がかりになった言葉、背中をやさしくなでてくれた言葉、そんなふうに感じるのはあなただけではないとささやいてくれた言葉、綱渡りのセイフティネットのように、落下した私を守ってくれた言葉……。

そんな言葉たちを、私と似たような感覚をもち、私と似たかんじで苦しんだり傷を負ったり暗闇のなかでもがいている人に届けたくて、本書を書きました。

あのころの私がどんな言葉に、どんな状況のときに、どのように救われてきたのか、その体験を語ることで、私と似た人たちの心に何かが残せるような、そんな本です。

たとえば「前向きに生きよう」といったことが中心にある人生の指南書では救われない人。「幸せになるためには……」と言われた途端、幸せって「なる」ものなの？という疑問がまず浮かんでしまう人。「がんばれば夢は叶う」と肩に手を置かれた途端、何を根拠にそれを言うのかと嘘のにおいを感じてしまう人。白か黒かではなく、その間にある無限の色彩を見たいと願う人……そういう人たちに向けた本です。

言葉と出合い、その言葉を書きとめるようになってから三十年以上の月日が経ちましたから、その数は膨大です。

ですから、この一年という月日、私が日々の生活をするなかで、友人との会話や街で見た光景などから思い浮かんだ言葉を選びました。その言葉から過去に導かれるまま、あの日あのとき、私がどんな状況でどんな言葉にどんなふうに救われてきたのかを綴りました。

人生にはさまざまなシーズンがあり、経験を重ねるなかでは響く言葉も変わってきます。以前は響いたけれどいまはそれほどでもないという言葉もあるし、いつしか自分のなかから消えていった言葉もたくさんあるのでしょう。けれど今回選んだ言葉は、毎日の生活のなかで思い浮かんだ言葉ですから、いま現在の私とともに生きている言葉、ということになります。

『私を救った言葉たち』というタイトルの本を手にとり、そして読んでくださったあなたの心に、何かが残せたら、と願います。救われたような心もちになる言葉、物語があったなら、それはもうこのうえない喜びです。

目次

各章、冒頭の言葉は、言葉そのものとして理解しやすいように私訳したものです。
原文の引用は本文中に、原文と出典は章の終わりに記しました。

「幸福になる必要なんか、ありはしない」と
自分を説き伏せることに成功したあの日から、
幸福が自分のなかに棲《す》み始めた。

幸福と呪縛

ときおり、読者の方からメールをいただきます。私の本を読んでくださった感想をいつも嬉しく受けとっていますが、なかには胸がぎゅっとしぼりあげられるような内容のものもあります。ある日のメールもそうでした。

三十代にはいったばかりの女性からで、私の本との出合いについて、それをどのように読んだかについての丁寧な文章に続いて、次のようなことが書かれていました。

夫のことも、ふたりの子どものことも愛している。住む家もある。両親も近くにいて仲良くしている。周囲の人たちから「恵まれているね」と言われる。

自分でもそう思う。けれど心が幸せではなくて悩んでいる。恵まれているはずなのに、そんなふうに感じてしまう自分はおかしいのかと、そのことにまた悩んでしまう。

「恵まれている」はずなのに心が満たされていない自分を責めたことはありますか?

こうして要約するとつるりと読めてしまいますが、実際の文章からは、彼女が自分の内面と真摯に向き合っていることが痛いほどに伝わってきました。

仕事を終えた深夜、彼女へのメールを書くためにパソコンに向かいました。

彼女の悩みは私が軽井沢に住んでいた三十代半ばからの十年間と重なります。

軽井沢という土地のイメージもあるとは思うけれど、周囲から見た私は「軽井沢の素敵な家に住んで、そこそこ本も出して、好きな人と結婚していて、愛している娘もいるという、恵まれた生活を送っている人」でした。

「優雅ですね」「幸せそのものですね」と言われることが多く、そのたびに胸に何かがひっかかって痛みを覚えました。

優雅で幸せそのものなんかではない。

思うように時間が使えないことへの苛立ち、仕事のことばかり考えている私は母親として失格なのだという自責、そしてその仕事もなかなか認められないことへの焦りと失望で、ふさぎこんでいることも多い。

恵まれているはずなのに、こんなふうになっている私は何かが欠落しているのだろうか。なぜ、幸せです、とほがらかに感じることが私にはできないのだろう。

そんなことをひとり思うしかなかったときに、ジッドの言葉に出合いました。


——幸福になる必要なんか、ありはしないと自分を説き伏せることに成功したあの日から、幸福がぼくのなかに棲み始めた。

思いがけない方向から光が当てられて、いままで見えなかったものが突然、姿をあらわしたかのようでした。

——幸福になる必要なんか、ありはしない

私は「幸福でなければならない」という呪縛で自分をがんじがらめにしていたのではなかったか。世間的には恵まれた環境にあるのだから、幸福でなければならないと。だから悩んでしまうのであって、ジッドが言うように「幸福になる必要なんか、ありはしない」というところに立ってみたらどうか。

すぐに何らかの変化が訪れたわけではないけれど、すこしずつ、ようすが変わってきたように思います。

「心が幸せではない」なんて言葉自体と無縁で生きてゆける人もいるのかもしれない。そして、そんなことばかり考えてしまう悩める人もまたいるのです。もう、これはその人の性質、性格によるところも大きいのでしょう。

「世間的評価による環境」と「自分の心の幸せ」は無関係

ただ、いま振り返ってはっきり言えるのは「世間的評価による恵まれた環境」と「自分の心の幸せ」はまったく無関係なのだということです。

そして「幸福になる必要なんか、ありはしない」のです。

ジッドの言葉に出合ってから長い年月を経て、幸せなんて言葉とは程遠いシーズンも過ごしました。そこから抜け出したら、また別の苦しいシーズンが訪れました。

そんな経験のなかで、私は知りました。

「心が幸せ」なんて満ち足りているときは、ひどく稀なのだということを。だからいまは「心が幸せ」と感じるときがあったなら、稀にある人生からのプレゼントなのだと思っています。

ジッドのように「幸福になる必要なんか、ありはしない」と自分を説き伏せること に成功しつつあるということなのかもしれません。

そんなことをメールに長々と書いて、それでもなんとか歩いてゆきましょうよ、と結んで送信ボタンを押しました。

幸福になる必要なんか、ありはしないと自分を説き伏せることに成功したあの日から、幸福がぼくのなかに棲み始めた。

ジッド『新しき糧』

魂の奥にある部屋に入って、ドアを閉めなさい。

社交とドア

ある会食の席で、久しぶりにドアを閉めました。このところあまりなかったから、ちょっと新鮮でした。ドアを閉めることを覚えてから、その場の雰囲気を悪化させることなく、そして私も疲労を最小限に、過ごせるようになったように思います。

ドアを閉めることとは、敬愛する作家メイ・サートンが教えてくれました。もう二十年くらい前になります。ある人との関係に、悩むほどではないけれど、これはいったい何なのだろう……と困惑していたころのことです。

ある人とは、私よりすこし年上の女性で、知人の紹介で出会いました。出版業界に詳しくファッション方面の意識も高かったので会話は刺激的でした。

「あなたのためを思って」を口にする人

やがて彼女からの提案で、あるプロジェクトに一緒に参加することになり、会う機会が増えました。プロジェクトは興味がある内容だし、彼女は私にいろいろな人を紹介してくれるし、有意義ではあったけれど、彼女と会ったあとは、ぐったりとした疲労がもれなくついてくることが不思議でした。私は実は彼女のことが嫌いなのだろうかとも考えたけれど、嫌いではない。

疲労の原因がわからないまま会っていたのですが、あるとき彼女の口から「あなたのためを思って」が出てきて、なるほどそういうことだったのかと、私はひどく納得しました。そのとき彼女が「あなたのためを思って言うんだけど」と前置きしてから話したことの内容は、要約すれば、態度も服装ももっとひかえめに目立たないようにしたほうがいい、ということでした。

「あなたのためを思って」を私は警戒し、そして嫌っています。なぜならそれは「自分が気に入るようにあなたを変えたい」と同義だからです。私が彼女と会ったあと、ぐったりと疲れていたのは、彼女が「あなたのためを思って」を疑問もなく言える種類の人だったからなのでした。

「あなたのためを思って」。この言葉を口にする人は善意からそれを言っていると信じて疑いません。悪意はないので、あまりしつこくなければ積極的に嫌うまでにはいかない。

でも「どうにも合わない」。「どうにも合わない」人と会ったあとに疲れるのは当然でした。

それでも、一緒に参加しているプロジェクトもあったし、彼女を紹介してくれた人への気遣いもあって、私は疲れながらも彼女と会い続けていました。

そんなときにメイ・サートンの言葉と出合ったのです。

――わたしの人生にいまも深く根を下ろしている説教があって、それについてはどこかで書いたことがある。「魂の奥にある部屋に入って、ドアを閉めなさい」という言葉がもとになっていて、その魂soulとドアを閉めなさいshutとの間合いが印象的で忘れられなかった。わたしはずっと、魂の内なる部屋に入っていこうとしてきたのだ。

前後を読むと、サートンはふかい信仰のことを言っているとわかります。それでもあのときは「魂の奥にある部屋に入って、ドアを閉めなさい」が、ページから浮き上がってくるように目の前に迫って、私は啓示を受けたようになりました。

以後、彼女との会話のなかで「あなたのためを思って」的な発言が出てくると、魂の奥の部屋に入ってドアを閉める、ということをするようになりました。無視しているのではない、流しているわけでもない。

流しているに近いかもしれないけれど、ちょっとまたそれとは違うのです。話は聞いています。彼女はそういう人なのだと受けとって、それでも何を言われても、私には私の考えがあって、でも彼女とは「どうにも合わない」から、心の底からの対話はしない、ということなのです。

人間関係について語る本などでよく「流しましょう」というようなことが書いてあるけれど、それではピンとこなかった。けれど魂の奥の部屋に入ってドアを閉める、これが私にははっきりとイメージできて、だからそれを採用することにしたのです。しだいに疲れが少なくなり、比例するように彼女からの誘いも減りました。

ほかの人たちがどうなのか、私には「どうにも合わない」人が多いような気がしてなりません。「あなたのためを思って」的なことを言う人は間違いなく「どうにも合わない」人です。

自己主張をするまでもないし、言ってもきっと伝わらないし、場の空気を悪くしたくない。そんなときはドアを閉める

そして、やっかいなことにこの種の発言は親やきょうだい、親族、仲の良いグループの人たちや仕事仲間といった、簡単に縁が切れない人たちからなされることが多い。その人たちのことを嫌いというわけではない、むしろ好きでいたい。ただ「どうにも合わない」、そんな場面が多いからたいへんなのです。飲み会の席、親族の会合、仕事のミーティング……。いわゆる「社交」の場です。

どうしてもゆずれないほどの強い想いをいだいたときは、また別です。けれど、自己主張をするまでもないし、言ってもきっと伝わらないし、場の空気を悪くしたくない、そんなとき私は魂の奥の部屋に入ってドアを閉めるのです。

わたしの人生にいまも深く根を下ろしている説教があって、それについてはどこかで書いたことがある。「魂の奥にある部屋に入って、ドアを閉めなさい」という言葉がもとになっていて、その魂soulとドアを閉めなさいshutとの間合いが印象的で忘れられなかった。わたしはずっと、魂の内なる部屋に入っていこうとしてきたのだ。

メイ・サートン『82歳の日記』

本当の孤独を知るために、
人は一人旅に出るのかもしれない。
本当に愛したのは誰だったかを知るために、
本当に会いたいのは誰なのかを
自分の心に問うために。

旅とたいせつな人

冬の風にふれると、ヴァン・ショーの季節が訪れたな、と思います。ヴァン・ショーはフランス語、ホットワインという意味で、温めた赤ワインに、店によってシナモンやレモンやオレンジが添えられる冬のドリンクです。スーパーマーケットでシナモンスティックとレモンを買って帰り、自宅でヴァン・ショーを楽しむこともあります。濃厚な香りが立ちのぼり、その香りは冬のパリを思い出させます。

パリには縁があって何度か出かけたけれど、記憶に強く刻印されているのは二十七歳の冬に訪れたときのこと。人生初のひとり旅でした。

自分がいったい何を求めているのか、わからなくなってしまったことはありますか？

もう何もかもわからない、誰も知る人がいないところへ行きたいという欲望が突き上げてきて、チケットをとり飛行機に乗ったという、それは無計画な旅でした。行き先にパリを選んだのは、一度グループ旅行で訪れたことがあって、近いうちに再訪したいと思っていた街だったから。ただそれだけの理由です。行き先はさほど重要ではありませんでした。

当時、私には学生時代からの恋人がいて、けれど、魅力的な男性に出逢ってしまって、ふたりの間で揺れていました。ふたりともそれを知っていて、私の判断に委ねるという状況が半年近く続いていたのです。

ふたりを好き。これはあり。でも、ふたりを同じ熱量で好き。これは嘘。

私はそう考えていたからなんとかしたかった。そして時間をかければきっと答えは出るはず、と期待していたのです。

けれど、だめでした。ゆらゆらと揺れ続けるほどに、自分のきもちが見えなくなっていきました。ふたりの間で揺れているうちに、自分の足でちゃんと立っていない、そんな感覚にも襲われるようになりました。

たかが恋、しかも、いわゆるフタマタの悩み、ということになります。冷ややかに見ることもじゅうぶん可能でしょう。けれど、どうしようもありません。事実として、あのときの私には、どちらかに決めること以上に重要なことは人生にないように思えました。

それなのに、時間をかけても、そんな重要な決断ができないとは。とにかく「ここではないどこかへ」行って、ひとりきりにならなければ。

そんな焦燥で胸をざわつかせ、思いつめて、飛行機に乗ったのです。

「ひとりきり」にならないと見えないもの

真冬のパリは体の芯を棒アイスのようにしてしまうほどの寒さでした。

予約した質素なプチホテルはシャワーのお湯が途中で水に変わり、暖房がほとんど効いていない部屋はひどく寒くて、そんな部屋で過ごす夜はこわいほどに孤独でした。携帯電話がない時代ですから、まさに「ひとりきり」。私が求めていた環境でした。

ひとりで街を歩き、ひとりで美術館に行き、ひとりでカフェに入って、また美術館に行き街を歩いてカフェに入る。夜は寒い部屋で書き始めたばかりの小説とはいえないような、けれど自分が書きたい物語を夢中になって綴る。

そんな日々を過ごしました。

寒いのでたびたびカフェに入り、ほぼ毎回ヴァン・ショーを飲みました。冷えきった体がじんわりとあたたまってゆく感覚がとても好きでした。

カフェにいるときも、ルーヴルやオルセーといった美術館で絵画の前に佇んでいるときも、セーヌ川のほとりを寒風に顔を切られそうになりながら歩いているときも、そして再びヴァン・ショーで暖をとっているときも、つねに自問していました。いまはどっちといたい？

この問いに答えが出せたなら、自分が求めていることが見えたということ、自分の足でちゃんと立っていることの証明になる、そう思っていました。

――映画でも観るように自分の日常を眺めてみる

けれど、あれは五日目だったでしょうか。モンパルナスのカフェ「ドーム」で通りを眺めていたときのことです。

そのカフェは私が好きな芸術家が集っていた場だったこともあるでしょう、美術の勉強、小説を書くこと……この先したいことが次から次へとあふれてきました。

意欲が満ちてくるという感覚です。したいことではちきれそうな感覚です。はちきれそうになりながら同時に、私は自分のなかに、強さに対する自信のような想いがわきあがってくるのを感じていました。

語学もできないのに異国にひとりで来て、はじめてのひとり旅でこんなに充実した時間をもっている私は、わりと強いのではないか。それとも、ひとりきりのとき私は強くなるのだろうか。どちらにしても、とにかくいまはまったく弱い気がしない。

ふと、旅に出る直前の日本の東京で暮らす自分の姿が頭のなかのスクリーンに映し出されました。そこには、ゆらゆらと揺れて自分が立っている場所も、周囲の光景もよく見えなくなって、自分の足で立っている感覚さえ失っている、とても頼りなく弱々しい私がいました。

その姿に気づいたのです。私はふたりの男性のどちらかを選ぶかで迷っていると思っていたけれど、どちらかを選ぶということは、どのような生き方をしたいかということにつながる。そもそもの考え方、考える順番が違っていたのではないか。

なにかとても清々しい気分が満ちてきて、いま、私は自分の足で立っている、と実感しました。そして、その瞬間、どっちといたい？への答えが、驚くほどにはっきりと見えたのです。

あのときの感覚はいまでも鮮やかです。

それからぱきぱきとすべてが解決しました、というわけにはいかなかったけれど、あの体験にはたしかに大きな意味がありました。

好きな作家、中山可穂の旅行記を読んだのは、それから時が経ってからのことです。

——本当の孤独を知るために、人は一人旅に出るのかもしれない。本当の人情を知るために、本当に愛したのは誰だったかを知るために、本当に会いたいのは誰なのかを自分の心に問うために。

この一節を読んだときには、声をあげたくなるほどの驚きがありました。あのときの私のひとり旅がそこにあったからです。私だけではなかった、大好きな作家も同じような想いをかかえてひとり旅をしていた、そう思って胸が熱くなりました。

したいことをしていますか？
一緒にいたい人と一緒にいますか？

パリのひとり旅ののちも、観光目的ではない旅を何度かしてきました。

いわゆる自分探しの旅ですね？　とある人から言われたことがありますが、それは違うと思います。自分を探しになんか行きません。ここに自分が在るのだから。

それではなぜ行くのかと問われれば、きっとこういうことになります。

強制的に自分を日常から引き離して、自分の人生を客観的に、映画を観るように眺めることで自分の立ち位置を確認したくて、私は旅に出るのです。

したいことをしているか、会いたい人と会っているか、一緒にいたい人と一緒にいるか、いたい場所にいるか。

日常に流されていると見えにくいもの、近くにいるとよく見えなくなるものがあります。たいせつなものも、そこにはきっとあって、それを見失わないためにも、ときおり旅をすることが私には必要なのです。

本当の孤独を知るために、人は一人旅に出るのかもしれない。本当の人情を知るために、本当に愛したのは誰だったかを知るために、本当に会いたいのは誰なのかを自分の心に問うために。

中山可穂『熱帯感傷紀行』

人間の真価は、
その人が死んだとき、
何をなしたか、ではなく、
その人が生きていたとき、
何をなそうとしたか、にある。

努力と真価

「努力は報《むく》われると思いますか？」と彼女は言いました。「唐突ですみません」と。

彼女は仕事を通じて出会った人で、三十代の後半くらいでしょうか。

大手の企業で責任のある仕事を任せられていて、私生活はいまひとつなんです、とは言っていたものの、きれいだし自信も感じられて、でもそんな彼女が、切実な表情で私を見つめています。

きっと彼女はいまなんらかの努力をしていて、その先に不安を感じていて、だからそんな質問をしているのでしょう。

ここは、「うん、報われるよ、がんばれば、ぜったい」と言ってあげたほうがよい場面です。

──「努力すればぜったい報われる」なんて言えない

けれど、私は彼女のことが好きでした。好きな人に嘘はつけません。

「努力すればぜったい報われるとは私には言えない。人によって努力の方向性やエネルギーは違うし、あくまでも私の経験からだけど」

彼女が私の経験を聞きたがったので、くだらない例でいいならと、思いつくままに「報われなかった、がっくり」の経験を話しました。

はじめての「報われなかった」経験は大学受験だったように思います。

それまでは小学校時代に熱中していた珠算《しゅざん》の成績も、中学校時代のテニス部での活動も高校受験も、努力して報われていました。高校に進んで、三年生の初夏にテニス部の活動が終わり、そこから大学受験のための勉強に集中しました。

近くに予備校がなかったこともあり、ひたすらひとりで勉強しました。参考書を山のように買って綿密なスケジュールを組んで寝る間を惜しんで集中、偏差値がかなり低いところからのスタートだったこともあって、勉強すればするほど伸びて、この調子ならいける、というところまで伸びました。

けれど、結果は惨敗。唖然《あぜん》として、それからぼんやりと、けれどたしかなことを知りました。

……こんなにがんばっても、だめなことってあるんだ。

それまでは珠算にしてもテニスにしても高校受験にしても「努力すれば報われる」のなかにいたから、それは人生初の挫折体験でした。

いま見れば、軽度の挫折かもしれないけれど、当時は絶望のどん底状態。もともと精神が脆弱《ぜいじゃく》なのでしょうか、死にたいとまで思いました。思春期はあぶないです。

なぜあんなにお気楽に過ごしてしまったんだ、もっといろんなことを学べばよかった、と激しく悔いることになる大学時代は飛ばします。

小説家になりたいと思い立った二十代の後半から十年以上、小説を書いて新人賞に応募していました。いいところまでいった作品もあるとはいえ、選ばれることはないまま時が過ぎました。いったい何作書いたことか。そのなかの一つはずっとあとになって出版されたけれど、あの時代は、ぜんぜん報われない、と思っていました。

本を出すようになってからも、何年もかけて書いた作品が出版されない、という経験をしてきました。

出版業界は作品を書く前の契約がないことが多く、少なくとも私は一度も経験がなく、だから出版社が「やっぱり出さない」と言えばそれで終わり。おかしいと思うけれどそうなっているようです。いままでに、原稿を渡して出版されなかった本が五冊はあります。キャンセルの理由は、担当編集者さんの社内での立場の変化など出版社内の政治的問題ほか色々ですが、たんなる「気分」という人もいたかもしれない。

脱力なんてものではありません。わずかとはいえ収入だって見こんでいるし、なにより、たいへんなエネルギーと時間がそこに注がれているわけですから。

どんなにがんばっても、成果を得なければ意味がないと思いますか？

そんなことを経験してきたから「努力すればぜったい報われる」とは、私には言えないのです。

その努力の方向性が間違っていたんじゃない？　努力が足りなかったんじゃない？　と言われれば、たしかにそうかもしれないけれど、私なりの最高度の努力をした結果、ということも事実です。

けれど、努力は報われなければいけないのでしょうか。

報われるとは、希望する成果が得られることを言います。成果が得られなければだめなのでしょうか。

いいえ、そうじゃない。
はっきりそう思うようになったのは、ブラウニングとの出合いがあったからです。
それは山本周五郎の小説『虚空遍歴《こくうへんれき》』の「解説」にありました。山本周五郎の座右の銘としてイギリスの詩人ブラウニングの言葉が紹介されていたのです。

――人間の真価は、その人が死んだとき、何を為したかで決まるのではなく、その人が生きていたとき、何を為そうとしたか、である。

小説の主人公は自らが信じる道（浄瑠璃）のために、ひたすらに諸国を放浪します。そのあまりの真摯さにもうじゅうぶんだよ、と何度も言いながら読み進め、まさかこのまま終わらないよね、最後は報われるよね、という願い虚しく、物語は終わります。しばらく動けなくなるほどの読書体験。そして解説にブラウニングの言葉があったものだから、その重み、衝撃は、おそろしいほどのものがありました。

物事の見方が変わりました。

周囲の人たちが何を達成したか、ではなくて、いま何をなそうとしているのか、どのように生きようとしているのか、そこを見つめたい。

自分自身に対してもそうです。

大学受験のことも、どんなに小説を書いても評価されなかったことも、出版されることなく埋もれていった本たちのことも、成果ではなくて、その過程に価値を見たい。

ブラウニングの言葉はいまや私の座右の銘であり、色々なところで紹介しています。

——何かをなそうとしている人は美しい

友人にそんなことを長々と話して、冷えてしまったヨギーのスパイスティーを飲んで、だからね、と続けました。

「努力すれば報われる、とは言えないけれど、ブラウニングが言うように、人間の真価はその人が何をなしたかではなく、何をなそうとしたのか、そこにある、って思っているの。たいせつなのは成果ではなく、努力をしているという、その過程にあるのだと思う。……それで……あなたは何をなそうとしているの？」

答えを聞こうとしているのではないよ、という調子で言ったから彼女はちょっと照れたように笑いました。

愛しい人です。何かをなそうとしている人を私は愛しいと思います。

人間の真価は、その人が死んだとき、何を為したかで決まるのではなく、その人が生きていたとき、何を為そうとしたか、である。

ロバート・ブラウニング／山本周五郎『虚空遍歴』解説（奥野健男）より

私が書いたものは、私が決して喋ることのできなかった、
ごくりとのみこんだ言葉です。
そしてまた、相手が確かにごくりとのみこんだのを、
私がこの耳で確かに聞いた言葉です。
私が小説を書き始めたのは、
あまりにたびたび言葉をのみこまねばならず、
また、相手がのみこむのを聞いたためです。

言葉と居場所

今日はいっぱいのみこんだな、という日と、今日はあんまりのみこまなかったな、という日があります。言葉の話です。

社会との接触がずいぶん減ってきたこの頃は、のみこまなければならない機会も減ってきたけれど、娘の保護者としての役割が与えられていた時代は、のみこみすぎでたいへんでした。いやでも社会というものにふれなければならないからです。

社会のひとつ、学校というところは、私にとっては修行としか思えないほどにたくさんの、参加しなければならない行事や会合がありました。

あの時代、私は自分の感覚がほかの人とずいぶん違うことを、毎日のように体感していました。誰が悪い、誰が嫌い、というのではなくて、ただ違うのです。

思ったこと感じたことをそのまま口にしたら、たちまち危険人物になってしまうこと間違いなしだと思ったから、私は言葉をのみこみました。危険人物になったら家族にも迷惑がかかるからのみこみました。そうして、私は危険人物ではありません、みなさんと同じ意見ですよ、とふるまいました。場の空気を読んだとも言えるし、自己防衛だとも言えるでしょう。悪いことではないはずです。

これは言ってはいけない、これは言うべきではない、という言葉をのみこみすぎると、いつか自分が消滅してしまう

ただ、おそれてはいました。自分をおさえて周囲に合わせることに慣れてしまったら、いつか感覚が麻痺してしまうのではないか。言ってはいけない、言えない言葉をのみこみすぎると、感情が爆発してしまうのではないか、自家中毒をおこして病んでしまうのではないか、いつか自分が消滅してしまうのではないか。

自分が消滅してしまうような感覚におそわれたときは、それがこわくてたまらなくて、立ちつくしたまま、なすすべもなく、ただひたすらおそれている、そんなふうになりました。そして、のみこんだ言葉は私のなかにたまる一方で、たまり続ける言葉をどうしたらいいのかわからなくて、ただ途方に暮れていました。

大庭《おおば》みな子の『魚《うお》の泪《なみだ》』に出合ったのは、まさにそんなときで、その本のなかに私がいたから、私が思っていることがそこに書かれていたから驚きました。次の一節を読んだときには、涙があふれました。

――あれはみんな、わたくしが決して喋ることのできなかった、いつもいつも、想っていて、ごくりと呑みこんだ言葉です。そしてまた、相手が確かにごくりと呑みこんだのを、わたくしがこの耳で確かに聞いた言葉です。わたくしが小説を書き始めたのは、あまりにたびたび言葉をのみこまねばならず、また、相手がのみこむのを聞いたためです。

私、のみこんだ言葉で、もうぱんぱん、あふれそうです、と本に向かってうったえました。涙はなかなかとまりませんでした。

すこし落ち着いてから考えました。

大庭みな子は小説家だから、のみこんだ言葉たちを作品にすることで解放したけれど、なにも商業的に発表しなくても、書くことで、のみこんだ言葉たちを解放してあげればいいのではないか。

それまでにも、言えないことをノートに書いてはいたけれど、この一節に出合ってからは、意識的に、意義あることとして、それをするようになりました。

あの時期は、よく書きました。

その日言えなかったこと、ほんとうはこう思っているのだということをノートに書きつけました。感情的に書き殴ったため判読不可能なものもあります。

言えなかった言葉に居場所を与えることで自分も解放される

思ったことだけではなくて、あの時期は視写もしました。

大庭みな子をはじめ、自分と同じ精神圏にいる、と感じることのできる作家の本の胸に沁みるところを、ノートにひたすら書き写すのです。

お経を書き写す「写経」は心の瞑想と言われます。文字を書くことに集中することで魂の安定を得るのだと。

私にとって視写は気の合う作家との会話の場です。

自分が感じることをそのまま言っても危険人物扱いされなくて、それどころか私の上をいく人がほとんど。「そこまで言ってしまうなんて、すごく爽快です」「私もほんとはあなた側の人間なはずなんです」なんて言いながらの視写は、時間があっという間に過ぎてゆきます。

自分がのみこんだ言葉たちと好きな作家の文章でノートはうめつくされ、そうすることで私はなんとか社会というものと、大きな問題を起こさずにやってきたのだと思います。

いまは、のみこむ機会は減ったとはいえ、今日はのみこみっぱなしだったな、という日だってあります。

そんな日の終わりには赤ワインを飲みながら、ノートに書きつけます。

誰に読ませるでもない、自分だけのためのノートは、解放され、そして居場所を与えられて喜んでいる言葉たちで、いっぱいです。

あれはみんな、わたくしが決して喋ることのできなかった、いつもいつも、想っていて、ごくりと呑みこんだ言葉です。そしてまた、相手が確かにごくりと呑みこんだのを、わたくしがこの耳で確かに聞いた言葉です。わたくしが小説を書き始めたのは、あまりにたびたび言葉をのみこまねばならず、また、相手がのみこむのを聞いたためです。

大庭みな子『魚の泪』

人生は舞台のようなもの。
だとしたら、その舞台の脚本は、
自分の好きなように自分だけで書きたい。
そうでなければ、どんな舞台であっても
耐えられないと感じていたのだった。

人生と脚本

友人から「すごくおすすめだから、ぜひ」と言われて、いつものところに浮気をして、はじめてのヘアサロンへ行きました。

私はスタイリストさんの職人技を見ているのが好きで、ヘアサロンではたいてい鏡を見て過ごすのですが、そのサロンの鏡に映った自分の顔は、鏡そのもののせいなのか照明のせいなのか、慣れた自宅の鏡よりも三割マイナスくらいに見えたのが残念。

年齢相応といえばそれまでなのだけれど、いよいよ枯れてきましたね、と他人事のように思って、いま私は人生の何幕目にいるのだろう、スタイリストさんの鋏の動きを眺めながら、そんなことを考えました。

＝人生が一度きりの舞台であるなら演じる役は自分で決めたい

娘が中学二年生のころ「人生は舞台」の話をしたことがありました。

ある日の夕食後のことです。唐突に娘が言いました。

「人生は一度きりなんだよねぇ」

ちょっと物思い風なのがおかしくて、うんうん、と身を乗り出した私に、今度はとても前向きなかんじで彼女は言いました。

「一度きりだからね、どう生きるかだよねっ」

「うん、人生は一度きりの舞台。そしてどんなふうに、どんな役を演じるのか、自分で決めていい。制限はあるかもだけど」

私の言葉にワクワク感いっぱいの表情で何かを考えているようすの娘に尋ねました。

「いま何幕目？ 第一幕？ 第二幕？」

すこし考えて彼女は言いました。

「うーん。まだ舞台に登場していないな。ロビーでうろうろしているかんじかな、うん、まだ登場していないっ」

「え。それって、控え室にさえまだいないということ?」

「うん! ロビーでうろうろ!」

ワクワク感をみなぎらせて彼女は答え、その意外な答えとみなぎるワクワク感に圧倒されて絶句している私に今度は娘が尋ねました。

「いま何幕目?」

まったくイメージできませんでした。

「ちゃんと向かい合って考えれば答えられるかもしれないけど、いますぐには答えられないなあ」

ふうん、と娘はそんなことどうでもいいような顔をして、たしか「名探偵コナン」の読書だったように記憶していますが、すぐに次のことに熱中していました。

自分で脚本を書きたいときと、与えられた役を演じるしかできないときが、人生にはある

人生を舞台、芝居にたとえた言葉を残した人はたくさんいるけれど、サガンの小説にあった言葉が私は好きです。『ある微笑』のヒロイン、ドミニクのセリフ。

――人生は半分は芝居なのだ、というような生き方をしている人たちと同じように、私もまた、その芝居が自分流によって、ただ自分だけによって書かれた脚本でなければ、そうした芝居は我慢できないと感じていたのだった。

この言葉に出合ったのは二十代の終わりのころ。人づきあいに疲弊して、ひたすらサガンの小説の世界に逃げこんでいた時期でした。

ああ、私も、と思いました。私もドミニクのように、人生が舞台なら、その脚本は自分で書きたい。自分が好きな役を好きなように演じたい。

文庫本を握りしめたくなるほどに、それは強い願望でした。

けれど、人生を歩むなかでは、いや、脚本なんてもう書けない、与えられた役を演じればそれでじゅうぶんでしょう、疲れたよ……、そんなときも、またありました。

脚本を自分で書くというのは、たとえば、いまある状況を好ましくないと判断したら、好ましく変えるための行動を積極的に起こすことです。与えられた役を演じるというのは、たとえば、それが好ましい状況でなかったとしても、そこでできるだけのことをするということです。

娘から何幕目？と問われて答えられなかったときは、与えられた役を演じるしかできなかった状況にあって、会話を終えてぼんやりと思ったものでした。……いまの私には「自分の人生の脚本を書く」なんてエネルギー、ぜんぜんないなあ。

それでも舞台に立ち続けている、そのことがなによりたいせつ

ずっと前なら、そんな自分を責めていたに違いないけれど、そのときはもう責めるということをしなくなっていました。人生の脚本は自分で書きます、いまは書けません、を繰り返すなかで、そんな時期もある、と思うようになったからです。

自分で脚本なんて書けないと思い、与えられた役を演じているだけのときも、人生という名の舞台は続いていて、何幕目かはわからないけれど、たしかに舞台に立ち続けている。その事実をたいせつにしようと思うようになったからです。

サロンの鏡に映った顔に、いま何幕目ですかと尋ねて、それから、次の幕ではどんな役をどんなふうに演じたいかな、なんてことを考えたので、いまはエネルギーがある時期のようです。

希望としては、いつだって自分の人生の脚本は自分で書きたい。でもそうできないときもあるから、そんなときは与えられた役割を演じながら、それでも舞台に立ち続けること。そんなふうに自分に語りかけながら、こうして私はまだ舞台から降りずにねばっているのです。

人生は、半分は芝居なのだ、というような生き方をしている人たちと同じように、私もまた、その芝居が自分流によって、ただ自分だけによって書かれた脚本でなければ、そうした芝居は我慢できないと感じていたのだった。

フランソワーズ・サガン『ある微笑』

不機嫌は怠惰からくるのです。
人間にはもともと
怠惰になりがちな性質があるので、
じゅうぶん気をつけなければ
なりません。

不機嫌と礼儀

久しぶりに友人と長電話をしました。遠いところに住んでいるので、会うことは少ないけれど、お互いの夜が空いているときなどに、ときおり電話でおしゃべりします。

先日の電話のメインテーマは「不機嫌」でした。

「愚痴で申し訳ないんだけど」から始まった彼女の話の内容はざっとこんなかんじでした。

彼女には、一時的に同居している妹夫婦がいるのですが、さいきん夫婦の関係がうまくいっていないらしく、家のなかの空気が悪い。ふたりとも不機嫌なのをそのまま出しているから、こちらもかなり気分が悪くなる。そのことを指摘するとさらに不機嫌になる。ストレスがたまってたいへん……。

――相手と親しいほど隠すことを怠けてしまう、それが「不機嫌」

具体例もたくさんあったので、気の毒になりました。不機嫌は身近な人に向けられがちだから、友人はいちばんの標的になっているのでしょう。

「私も人のことは言えないけど、でもね、不機嫌って怠惰《たいだ》なんだって。それを知ってからは、気をつけてはいる」

――不機嫌は怠惰と似たものです。その一種です。われわれの性情はともするとそれに傾きます。

ずいぶん前に読んだ、ゲーテの『若きウェルテルの悩み』。ウェルテルが不機嫌について熱く語る場面の言葉です。

ウェルテルは、不機嫌になるというそのこと自体がいけないのだと、それは怠惰からくるのだと、人間の弱い性質について深い話をしています。けれど、私は「不機嫌は怠惰」という言葉にまず反応してしまった。自分を名指しで批判されたかのようでどきりとしたのです。

不機嫌は怠惰。

ウェルテルは色々と深いことを言っているけれど、不機嫌にならないでいることなんて私にはハードルが高すぎる。ということで、「不機嫌を外に出すことは怠惰である」、これを自分への戒めとして採用することにしました。

いくら不機嫌であっても親しくない人の前では不機嫌を隠します。不機嫌を出さない努力をしているからです。一方で、親しい人の前では不機嫌を外に出してしまいがち。出さない努力を怠っているからで、怠惰ゆえの行動ということなのです。

家族に対して怠惰な自分の姿が次々と浮かんで嫌になりました。

不機嫌を隠すことは愛情表現のひとつ

過去に遡《さかのぼ》って、恋愛関係にあった人たちに対する自分の怠惰な姿をイメージして頭をかかえたくなりました。あのころの私は不機嫌を隠すことをしていませんでした。それどころか隠さずに出すことを気を許しているサインのように思っていたのです。あなたに気を許しているからできることなのよ、甘えさせてね、といったふうに。

不機嫌をぶつけないでほしいと言われたこともありました。そのときも反省するどころか、受けとめてくれないなんて愛が足りないからだと、ますます不機嫌に。

とんでもない勘違いでした。

気を許している関係だから、愛情関係にあるから、不機嫌を外に出していいわけではない。それは怠惰なだけ。むしろ愛情関係にあるからこそ努めて不機嫌を隠すべきで、それは愛情表現のひとつと言えるのではないでしょうか。

不機嫌は立派な環境破壊

「愛情表現ねぇ……それはなかなか難しいよね」

友人は私の話にため息まじりにそう言って「しかしゲーテ、不機嫌は怠惰とは、きついねぇ」と笑いました。

きつさで言えばもっときつい言葉もあります。

シスターの渡辺和子は『目に見えないけれど大切なもの』のなかで言っています。「私の不機嫌は、立派な〝環境破壊〟なのだと心に銘じて生きねばなるまい」と。

「たしかに！」と友人はひどく納得したかんじで言いました。

「妹夫婦の不機嫌で家のなかの空気がかなり汚染されてる。環境破壊とは、きついけど、でもその通りだと思う」

私もまったく同感です。

集団のなかにたった一人でも、不機嫌を隠さない人がいるだけで空気が汚れ、周囲の人たちに悪影響を与えます。なかには気分が下がって一日を台無しにしてしまう人だっているかもしれません。他人の不機嫌のせいで。

「それでもね、外ではできていたとしても、身内にはなかなか。気づけば思いきり不機嫌な顔を見せたりしてることがある。何度反省してもやらかしちゃう。難しい」

ため息まじりに嘆く私を慰めるように友人は言いました。

「オトナの礼儀を身につけるのは難しいんですよ」

楽しかった、と電話を切ってから、あらためて思いました。

不機嫌が多いのはもうどうしようもないとして、友人が言うように、それを外に出さずに隠すという礼儀くらいは、なんとか身につけたいと。

不機嫌は怠惰と似たものです。その一種です。
われわれの性情はともするとそれに傾きます。

ゲーテ『若きウェルテルの悩み』

傷つきたいなどとは夢にも思わない。
でも私は、傷つきやすい自分を大切にして生きている。
何をいわれても、されても傷つかない自分になったら、
もう人間としておしまいのような気がしているからだ。
大切なのは、傷つかないことではなくて、
傷ついた自分をいかに癒し、
その傷から何を学ぶかではないだろうか。

傷と香り

そのメールを受信したとき、ずきん、と胸に痛みが走ったのは、ずいぶん前に参加していた会の名がタイトルにあったからでした。

開封しないままゴミ箱行きにしようかと思ったけれど、好奇心が勝って開封してみたら、主催者から会員への一斉メールで、何年も休会していたけれど会を復活させるという趣旨のことが書かれていました。

会の名のあるメールが届いただけで、胸がずきん、なのだから、嫌な記憶はまだ残っているのだろうけれど、あの人たちがいま何をしているのか、ちょっと考えたけれどまったく関心がなかったので、傷は癒えているようです。

仲間はずれにされたときのなんともいえない惨めさと寂しさ

その会は多様な文化を学ぶ勉強会で、私の興味のあるテーマが多かったから、時間を作ってできるだけ参加するようにしていました。

やがて、気の合う人たちで誘い合って、勉強会が終わってから食事会に流れるようになりました。たいてい五人で、マイナーではあるけれどすごく感動した映画の話、マイナーではあるけれど何度も読み返している本……そんな会話が楽しくて、私は勉強会よりもむしろ、その後の食事会を楽しみに出かけるようになっていました。なかなか出会えない種類の人たちに出会えたという、そのことがとても嬉しかった。

二年くらいが経ったある日のことです。

食事会メンバーの一人からの一斉送信のメールを受信しました。

気軽に開封して一読後、混乱したのは、そこに不可解な内容が書かれていたからです。これまでのいくつかの食事会のこと。来週に予定されているメンバーの一人の誕生会のこと。いずれも私の知らないことでした。

しばらく考えた結果、次のようなことなのだろうと理解しました。

この半年くらいの間、何回も食事会は開催されていて、そこに私は呼ばれなかった。幼い言い方をすれば、仲間はずれにされていたのです。

勉強会後の食事会に私が参加するのは防ぎようがないから、しかたなく彼女たちは私を受け入れていたのでしょう。メールは誤送信なのでしょう。

まったく気づきませんでした。

しばらくパソコンの前で茫然《ぼうぜん》自失《じしつ》でした。

この感覚、仲間はずれにされたときのなんともいえない惨めさと寂しさは、いったいいつ以来だろう。まったく気づかなかったなんて、私はどれだけ鈍感なのか。

それから仲間はずれの原因を考えたけれど、何がいけなかったのか、思い当たることがない。記憶をけんめいにたぐりよせて、自分がやらかしてしまったことがないかと考えたけれどわからない。

わからないから、こうなっているんだ、と自覚しながらも、原因を知りたくて、しつこく記憶と格闘しました。

私を嫌う人、うとましく思う人がいるのはじゅうぶんに経験から知っていたけれど、あの場は大丈夫だと、話が合う人たちと出会えたと思っていました。けれど、彼女たちは笑ったりうなずいたりしていたけれど、私がいないほうがよかったのです。

どんなに考えても原因はわかりません。

わからないけれど、確かなのは私は嫌われていたということ、それを知らずにいたということです。

ずいぶん長い間、親しい友人にも話せませんでした。

仲間はずれにされた自分が惨めでならなくて、とてもじゃないけど誰にも言えなかったのです。

勉強会のお知らせメールを受信するだけで動悸がする。なにかのひょうしに思い出しては、そのたびに胸のなかに黒い靄《もや》が立ちこめる。

渡辺和子の一節に出合ったのはそんなときでした。

——傷つきたいなどと夢にも思わない。でも私は、傷つきやすい自分を大切にして生きている。何をいわれても、されても傷つかない自分になったら、もう人間としておしまいのような気がしているからだ。

大切なのは、傷つかないことではなくて、傷ついた自分をいかに癒し、その傷から何を学ぶかではないだろうか。

彼女は多くの人たちから尊敬されているシスターで、マザー・テレサとの親交でも知られ、強く正しく生きているイメージがありました。

そんな彼女の文章のなかに「傷つきやすい」という言葉があったので、新鮮な驚きをもって、立ち止まりました。

傷を負ったという事実を認めることと
被害者意識をもつことはまったく別のこと

私は自分のことを「傷つきやすい」と言うことをずっと避けてきました。そこに「自己省察」はなく「自己憐憫《れんびん》」があるようで嫌だったのです。

自己憐憫とは自分を憐《あわ》れむことを意味します。自分は被害者なんだとうなだれて終わる。それだけです。その先がないようで私は嫌いなのです。

けれど「自己省察」は違います。自分自身をよく見つめて、ふかく考えることを意味する、意義ある行為です。考えることでその先につながる何かがあるはずです。

渡辺和子の一節に出合って、何度も読んで意味を汲《く》みとるなかで、「傷つく」ということに対して、自分のなかにいままでとは違った理解が生まれました。

傷を負ったのは事実なのだから、どうやら私は傷ついているようだ、とまず認めること。そしてその傷をよく見ること。なぜできたのか、どの程度の傷なのか、痛みはあるか、それはどのくらいの痛みなのか。そしてその傷を癒すためにはどうしたらよいか考えること。

一連のこれらは、はっきりと「自己省察」の作業です。

傷を負ったという事実を認めることと、被害者意識をもつことは、まったく別のことだったのです。

――香木は傷がなければ香らない

そんなふうに思えたので、親しい友人に電話をして、話を聞いてもらいました。

「……ということがあったのよ。ずっと言えなかったけど、どうやら傷ついているらしい、とようやく認められた。なんだか、仲良しグループの誕生会に呼ばれなかった小学生みたいで、幼い事件のような気がして、認めたくなかったのね」

「いや、それはきついわ、傷ついて当然」と友人はやさしく慰めてくれてから言いました。

「私も似たようなこと経験してる。……生きているとね、深い傷から浅い傷まで、ほんと、痛いよね。私はそんなときコウボクを想うようにしてる」

そして香木の話をしてくれました。

白檀《びゃくだん》や沈香《じんこう》といった香木のことを。

香木は傷がなければ香らないのだと。傷を治そうとして樹液が出て、長い時間をかけて、あのような、えも言われぬ香りを出すのだと。

なんてせつなくも美しいのでしょう。まるで人生そのもののようです。

胸うたれたことを伝えると友人は言いました。

「ね、人間そのものよね。だからね、傷ついたときには香木を想うようにしてるの。そうすると、胸のなかの醜い感情がおさえられるような、いい香りに変わるような、そんな気になれたりするから」

「そうね。それでも、香らなくてもいいから傷なんていらない。これが正直なところだけど、それでも傷ができてしまったときには、あなたと香木のことを思い出すね」

ありがとう、と電話を切ったあの夜からまた月日が流れました。

――傷をよく見て、とにかく考える、ひたすら考える

今回、一通のメールから渡辺和子の言葉や過去の友人との会話を思い返して、人間関係はほんとうにややこしく、それでも懲りずに人と関わってきていることにしみじみとしてしまいました。

私も知らず知らずのうちに人を傷つけているのだろうし、絆創膏《ばんそうこう》程度の傷ならしょっちゅう負っているし完治していない傷も少なくない。

それでもあのとき知ったように、まず傷を認めることから始めています。

それから、傷をよく見て、傷を負わせた人はどんな人なのか、自分はなぜ傷ついているのか、考えることをたいせつにしています。

傷をよく見て考えることで、じっくりとひたすら考えることで、なるべく同じ傷を負わないようにしようとする行為が、傷を癒す最良の手当となっているようです。

傷つきたいなどと夢にも思わない。でも私は、傷つきやすい自分を大切にして生きている。何をいわれても、されても傷つかない自分になったら、もう人間としておしまいのような気がしているからだ。大切なのは、傷つかないことではなくて、傷ついた自分をいかに癒し、その傷から何を学ぶかではないだろうか。

渡辺和子『目に見えないけれど大切なもの』

人生の課題は原則として
本人が解決しなければなりません。
「これは誰の課題なのか？」という視点から
「自分の課題」と「他者の課題」を
分離する必要があるのです。
そして他者の課題には踏みこまない。
これを「課題の分離」といいます。

課題と呼吸

たまには外で仕事でもしてみるか、とカフェに行くことがあります。仕事をしに出かけたのに、隣に座った人たちの会話がおもしろくて集中できないことがよくあって、その日も、興味深い内容につい聞き耳を立ててしまいました。

隣の席にやわらかな雰囲気の女性が二人。二十代半ばくらいでしょうか。それぞれに恋人の心配をしていました。

「夜遅くまで仕事をしているの。会社がかなりブラックで、精神的にも限界にきているのがわかる。ほかの会社を探したほうがいいよ、自分が壊れちゃうよ、って言ってもきいてくれない。心配で心配で私までつらくなっちゃう」

「わかるわかる。私の彼はお酒を飲みすぎる、っていうかお酒に飲まれちゃう人で。この間もラインの返信が朝までないから心配で眠れなかった。駅で酔い潰れていたんだって。何度もセーブしたほうがいいよ、って言ってもだめ。どうしていいかわかんない」

ああ、彼女たちに「課題の分離」を教えてあげたい、と思いました。

やがて彼女たちはいなくなり、私は仕事を進めてカフェを出て帰宅途中、小学生くらいの男の子とその母親が声を荒げて言い争っている場面に遭遇しました。

母親が寒いから上着を着るように、と差し出しているのを男の子が拒否して、それでもめているようです。「風邪ひくよ！」という母親の声に、お疲れ様です、と労《ねぎら》いたくなったのは、身に覚えがありすぎる光景だったからです。ああ、彼女にも「課題の分離」を教えてあげたい、と思いました。

「課題の分離」。私はそれでずいぶん救われたからです。

──つらいのは「課題の分離」ができていないから

「課題の分離」は、私のことをよく知る友人が「ぜったい好きだと思う」と勧めてくれた本『アドラー心理学入門』にありました。一気に読み終えて驚きました。
アドラーの考え方がとても好みだったからで、フロイトやユングでは感じられなかった共感をいだきました。なかでも刺さったのが「課題の分離」でした。

──人生の課題は原則として本人が解決しなければなりません。アドラー心理学では「これは誰の課題か」といういい方をします。誰の課題かは最終的に誰が責任を引き受けなければならないかを考えればわかります。これは誰の課題、これは誰の課題というふうに課題をきちんと分けていかなければなりません。これを「課題の分離」といいます。

たとえばカフェの彼女たちのことを思います。

ブラックな会社はやめたほうがいいよ、と彼に言います。けれど彼はやめずに精神的にも追いこまれていて、そのことで彼女もつらくなっている。課題の分離ができていないからです。彼がどんな状態になろうがそれは彼女の課題ではなく彼の課題、「他者の課題」なのです。お酒を飲みすぎる彼とそれを心配する彼女の話も同じです。

木枯らしのなか、もめていた親子もそうです。男の子が上着を着なかったことで風邪をひいたとしたら、それは母親のではなくその子の課題、「他者の課題」なのです。

なんてえらそうに言っていますが、そしてこれはあくまでも私の理解ですが、私にも恋人のお酒の飲み方を心配して心を重くしていた経験や、薄着で出かけた娘が寒い思いをしていないかと心配した経験が多々あるので、彼女たちに課題の分離を教えてあげたい、と思ったのでした。

「課題の分離」との出合いは、新たなキーワードが私の人生に加わったひとつの事件でした。思い返せば、次から次へとイメージできました。

――自分のではない荷物を勝手に背負っていませんか？

たとえば、両親をふくめた家族に、自分が得た食の知識を伝える。体に悪いものはなるべく避けてね、と。けれど彼らがその通りにしないと私は彼らの健康が心配でたまらなくなる。

たとえば、車の免許をとったばかりの友人がひとりきりで遠方にドライブに行くと聞いて、最初はひとりきりじゃ危ないよ、慣らしてから遠出したほうがいいよ、と言う。友人は私の意見をきかないで出かけてゆく。私は高速道路を飛ばしている彼を想像して、事故を起こさないかと心配で仕事にも集中できない。

「課題の分離」ができていないからです。

伝えるのは悪いことではないのでしょう。けれどそれを実践するかしないかは彼らの、「他者の課題」なのです。

「自分の課題」ではない「他者の課題」に荷物をイメージしたら、もっとわかりやすくなったように思います。

誰かに意見を言ったとします。「意見を聞いてどのような行動をとるか、その結果どうなるのか」、それはその人の荷物であって私の荷物ではない、ということです。それなのに私は自分のものではない荷物を頼まれもしないのに勝手に背負って、あれもこれも背負って、重い重い、と嘆いていたのです。間違っていました。

とはいえ、相手が自分にとってたいせつな人だからこそ、自分の課題のように思ってしまうのです。たいせつな人だからこそ心配でならないのです。

けれど、その心配を解消しようとしたなら、極端なことを言えば、相手についてまわってあれこれ世話を焼き、口出しをするしかない。

当然そんなことはできません。たいせつな人たちすべての人生にぺったりはりついて生きることなど無理。自分の課題も山のようにあって、私というひとりの人間ができることは限られているのですから。

そして、なにより、相手はそれを望んでいない、ということです。放っておいてほしいのです。そこに踏みこむということは、相手をどんなに愛していたとしても、それは相手にとっては愛ではない、ということなのでしょう。

まもなくして『嫌われる勇気』が発売され、すぐに購入しました。「課題の分離」について、「自分の課題」と「他者の課題」について、より具体的に書かれていたので夢中で読みました。アドラーに、あの時期、私はたしかに救われました。アドラーは、何が問題で、その問題を解決するにはどうしたらよいかを、つまり問題を知的に理解する手助けをしてくれました。

いまでも私のなかのアドラーがたびたび私にささやきかけます。

「またやらかしているんじゃない？　自分のではない荷物を背負って、ひとりで重い重い、つらいつらい、って嘆いているんじゃない？　それは他者の課題だから。あなたの課題じゃないから。課題の分離を忘れちゃだめ」

こうささやかれると、肩の重荷がおりたようになります。

そうだった。こうしたらよいのでは？と思ったことを提案するのはいい。けれど、相手がその提案を受け入れるかどうかは、私とは関係がない、そのくらいに考えてちょうどいい。そんなふうに思うと、呼吸が楽になるのです。

親友や恋人、親や子といった身近な存在、自分のことのように彼らを案じてしまう、そんな存在を想うとき「課題の分離」はとてもよく効きます。

それは「他者の課題」だから、という考え方は冷酷なようにも思いますが、相手にとっても自分にとっても悪いことではないようです。

ただ、たいせつな人たちのことは、いつでも見守っていたいとは思います。落下したときに重傷を負わないように、命をおとさないように、綱渡りのセイフティネットのように、いつでも助けられるように、見守っていたいと思うのです。

人生の課題は原則として本人が解決しなければなりません。アドラー心理学では「これは誰の課題か」といういい方をします。誰の課題かは最終的に誰が責任を引き受けなければならないかを考えればわかります。（略）これは誰の課題、これは誰の課題というふうに課題をきちんと分けていかなければなりません。これを「課題の分離」といいます。

岸見一郎『アドラー心理学入門』

われわれは「これは誰の課題なのか？」という視点から、自分の課題と他者の課題を分離していく必要があるのです。

岸見一郎・古賀史健『嫌われる勇気』

お金があれば雨の日にバスを待たなくていいし、
飛行機で晴れた国に行くこともできます。
つまり、お金があるということは
自分を守れるということ、
自由になれるということです。

お金と雨の日のバス

冷たい風が強い夜、友人との食事に出かけました。

十年くらいのつきあいになる人で、私よりひとまわりくらい下。でもみょうに老成しているので話が合うのです。

美術に関する仕事をしているので、いつもはその周辺の話で盛り上がることが多いのだけれど、その日はめずらしくお金の話でした。

ビールで乾杯してすぐに、早速ですが、といったかんじで彼が言いました。

「このところお金の使い方について考えることが多くて、そういえばあなたとお金の話、したことなかったな、って。お金の話、好きじゃないよね?」

お金が欲しい理由は何ですか？

たしかに好きではないけれど、好きではないというよりも苦手なのです。お金のことを考えることが楽しくないのです。

よく母が言っていました。あなたはお金に対しての意識が低いね、同じ環境で育った妹も弟もしっかりしているのに不思議ね、と。

なんとかしなくてはいけないのでは、と勉強して考えようとしたこともあったけれど、結局だめで、苦手なまま現在に至ります。

「お金のことを考えることが楽しくないのか、なるほど」と彼は言って「そんなあなたにお金が欲しい主な理由は何？って聞いたら何て答える？」と尋ねました。

私は即座に答えました。

「冷たい雨が降っているときに凍えながらバスを待たなくてもいいようにするため」

彼はちょっと驚いたような顔をして言いました。

「タクシーに乗れるってこと？」

「そう言っちゃうと、まあ、そうなんだけど、聞いてくれる？」

「ぜひ」

「二十代の半ば、お金がなくて、スーパーマーケットで好きなハーブティーを買うのを我慢していたような、そんなある冬の日にね、ひどい頭痛がして雨が降っていて、待っているバスがなかなか来なくて、タクシーは通るのに、乗れなくて、痛感したの。お金がないってこういうことなんだって。……ほんと、痛感した」

興味深いなあ、と彼は私を見て、それから言いました。

「ハーブティー我慢じゃなくて、雨の日のバス待ちなんだね」


そう、冷たい雨の日のバス待ち。

あれは忘れることのできない痛感体験でした。

お金が必要な理由は二つある。一つは自分を守るため。
もう一つは自由になるため

だからそれからしばらくして、サガンのこの言葉に出合ったときには驚きました。

——お金は今の社会では防衛手段であり、自由になれる手段です。お金があれば雨の日にバスが来るまで列を作って待たなくてもすませられますし、飛行機に乗って太陽の輝く国に行くことも可能になるわけです。

雨の日のバスのくだりに目を疑いました。私のきもちを汲《く》みとってくれたとしか思えないほどの一致だったからです。日常の生活における例ならいくらでもあるはずなのに、雨の日のバスを出してきたところに、サガンへの共感を募らせたものです。

雨の日に濡れながらバスを待つことが苦ではない人もいるでしょう。そしてそれがたまらなく苦であるという人もまたいるのです。

お金があれば、あのときのように頭痛に苦しみながら雨に濡れながらバスを待たなくていい。つまり自分を守ることができる。

そして、サガンは彼女のセンスで、飛行機で晴れた国へ行くという極端な例を出していますが、お金があれば、したいことが自由にできる、ということなのです。


サガンの話をして、ところで、と私は言いました。

「私への質問をそのまま返したら、なんて答える？　お金が欲しい理由」

彼も即答しました。

「何かすごくしたいことがある人を見たときかな。クラウドファンディングとかで、応援したいって思ったときに、躊躇することなく、ぽん、と出したいと思う」

私はちょっと感動して彼の横顔をしげしげと眺めてしまいました。

いい人アピール強すぎたかな、とおどける彼に私は言いました。

「あなたはどんなに稼いでもお金持ちにはならないね。でも信用できる人ってことね」

お金を貯めることに熱心な人は信用できない

「お金をたくさん稼ぐ人」と、財産を蓄えている「お金持ち」は違います。

サガンは言っています。

「お金持ち」はそのお金を欲しいという人を拒絶してお金を貯めているわけだから冷酷でケチな人が多く、だから私は信用できない、と。

流れる水が濁らないように、お金を使っていればそれは汚くはない、貯めることで汚くなるのだと、お金を貯めることに熱心な人をサガンは嫌っていたのです。

私は共感して『サガンという生き方』を書いたとき、彼女のお金についての考え方を語る章のタイトルを「貯金する人は信用できません」としたのでした。

そんな話をすると「タイムリーすぎるだろう」と彼は笑って言いました。
「お金を使わないように使わないように、貯金に集中してる人に会ってね。その人は誰かのためにお金を使うことをひどく嫌うんだ。それならまだしも自分のためにも使わない。自己投資さえためらうんだよ。何のために生きているんだろうって思うよ」
彼はそんな人に会って、もやもやしていて、それでお金の話がしたかったのでした。

価値観はそれぞれだけれど、そして、お金関連のことが苦手な私には何も言えないけれど、彼を見ていてわかることはあります。貯めることではなく使うことで、彼はお金をたくさん稼げるようになった、ということです。

株とかそういうことではなくて、自分への投資です。出会ったころ、彼はいまよりもお金に余裕がなかったけれど、そんななかやりくりして語学の勉強や美術の勉強のために海外に留学するなど、自分のためにお金を使っていました。それがいまにつながっているわけですから。

自分がすごく嫌だと思うことをしないために、そのためになら切実にお金が欲しい

お金の話のあとは、いつもの美術関連の話題になり、楽しい時間を過ごしました。

会計を終えて外に出ると、風はいよいよ冷たく強く吹いていて、寒いね、と言った私に彼がタクシーで帰る？と尋ね、私は笑って言いました。頭痛はないし雨も降っていないから電車で帰りますよ。

駅で彼と別れて電車に揺られながら、やはりお金の話は苦手だなと、あらためて思いました。それは私の欠点の一つだということは自覚しています。

それでも、お金があるときもないときも、さもしいのは嫌で、そしてやはり、あの日のバス待ちに象徴されるようないくつかのことのために、自分がすごく嫌だ、と思うことをしないために、そのためになら、切実にお金が欲しいと思うのです。

お金は今の社会では防衛手段であり、自由になれる手段です。お金があれば雨の日にバスが来るまで列を作って待たなくてもすませられますし、飛行機に乗って太陽の輝く国に行くことも可能になるわけです。

フランソワーズ・サガン『愛と同じくらい孤独』

なんてすばらしいのだろうと憧れるような人は、
必ず堂々としていて自然で、
そのうえ、品とつつましさがある。
なんにも持たなくては出られない夜会だが、
持っては絶対に失敗するものがある。
コンプレックスと嫉妬心である。

劣等感と夜会

久しぶりに会った友人がいちだんと綺麗になっていたので、テーブルに着くなり、そのままのことを伝えました。

彼女は私より二十歳くらい年下の、とても魅力的な女性。自信に満ちあふれていて目がくらみそうだ、と思うときもあれば、自分はクズだとぐっしょり落ちこんでいるときもあり、そのアップダウンの激しさが私から見ればとてもおもしろくて、ときおり食事をしたりお茶をしたりという時間をもっています。

ここ数年間は会うといつも「まるで干物《ひもの》です」と嘆いていたのですが、ようやく出会いがあったのだと言います。「恋してます」と目をきらめかせて、それなのに「でも……」と「自信がもてない」ことを嘆いたのでした。

恋人は彼女より六歳年下。年下とつきあうのははじめてだから、たとえば食事のとき、年上だから自分が支払うべきなのか、かえってそれは失礼なのかと迷う。ほんとはもっと若い女の子がいいんだろうなと思う。年寄り気分。自信がもてない……。

うつむく彼女に私は尋ねました。つきあいはじめたばかり？　うなずいた彼女に私は言いました。よかった。まだ間に合う。

──自ら自分の価値を下げるような言動をとってはいけない

「あなたは三十代の半ば、これからの十年間は女として最高のとき。だから、そんな時代の私とつき合える君は運がいいわね、くらいに思っていいし、彼もそう思わせてくれるあなたのほうが魅力的なんだと思う。六歳上なんてマイナス要因ではまったくないことをもちだして、自ら自分の価値を下げるような言動をとることに、私は断固反対。まだ間に合う。変身せよ」

無責任にそんなことを言ってから、私を支えている言葉の話をしました。

三十代になったばかりのころに読んだ秦早穂子《はたさほこ》の『おしゃれの平手打ち』のなかにあった言葉です。


――なんてすばらしい女《ひと》だろうと憧れるようなひととは、必ず堂々としていて自然で、そのうえ、品とつつましさがある。

なんにも持たなくては出られない夜会だが、持っては絶対に失敗するものがある。コンプレックスと嫉妬心である。


まさに頬を叩かれたようになりました。

夜会に出るにはそれなりのドレスやアクセサリー、教養も必要だ。けれど、コンプレックスと嫉妬心だけは、脱ぎ捨ててゆけ。そうしなければ、絶対に失敗に終わる。

それは私への痛烈なアドバイスでした。

会場の人たちが輝いて見えてうつむいてしまう

そのころ私は、いまよりもずっと社交というものをしていて、多くの人が集う会に招かれれば出かけていました。

けれど、まだ一冊も本が出ていなかったから、自分は何者でもない、という意識が頭の底にぺったりとはりついていて、どんな会に出席しても楽しめませんでした。

友人に誘われて出版記念パーティーにも何度か出かけたけれど、会場には主役はもちろん、本を出している人や起業した人たちがたくさんいて、そんな人たちが眩しくてうつむいてしまう、そんなことがよくありました。

はじめての人たちと知り合う場なのに、積極的に話をすることができず、隅のほうで、快活に会話をする人たちを眩しそうに眺めているだけの、そんな私のところに、わざわざ来て話しかけてくれる人は主催者くらいでした。

だったらやめればいいのに、声をかけられれば、今度こそ何か起こるかも、なんて根拠のない期待を胸に出かけてゆく。そして落胆して帰ってくる。そんなときに出合った言葉だったから、平手打ちされたようになったのです。

会を楽しめない、その場で輝けないのは当然でした。私は、そのときの精一杯でおしゃれをしていたけれど、コンプレックスと嫉妬という名のショールで自分を覆っていたのです。そんな人に誰が近づきたいと思うか、ということなのです。

コンプレックスも嫉妬もそんなのをいだいていること自体、なんとかしたい。けれどこれは難問で、また別の精神活動が必要になる。だから、いまは置いておいて。

食事会にしてもパーティーにしても、その会を楽しみたい、すこしでも輝きがある人としてその場にいたいと願ったなら、意識してコンプレックスと嫉妬は脱ぎ捨ててゆくこと。これを自分の「夜会マナー」としよう、そう決めました。

私にとっての「夜会」はつまり、自分が輝きたいと思う会のことです。

――顔をまっすぐにあげて背筋を伸ばして会場に入ってゆくこと

ときをほぼ同じくして、ああ、これも似たことを言っている、という言葉に出合いました。

史上もっとも有名なファーストレディとして知られるジャクリーン・ケネディ、彼女はどんな場でも人を惹きつける特別な存在感がある人でしたが、そのジャクリーンに父親が授けたアドバイスです。

「人々でいっぱいのパーティー会場に入るときは、微笑んで、まっすぐに前を見て、会場のすべての人を無視して入って行きなさい。この世に自分しか存在しないかのように。自分がいちばん魅力的だと心のなかでくり返しながら。そうすればすぐに男たちに取り囲まれる」

これも実践は難しいけれど、イメージくらいはしてみようと思いました。

コンプレックスと嫉妬は脱ぎ捨ててゆくことを自分だけの夜会マナーとする

コンプレックスと嫉妬は脱ぎ捨ててゆくこと。これを自分の「夜会マナー」として、「私は魅力的」と、演じるように強く意識してみたら、ようすが変わったようです。主役になりました、なんてことはないけれど、もしかしていま私の周りにちょっと人が集まっている？　と思えるときも、稀だけれどありました。

なにより、私は以前の自分より、その場を楽しめている自分のほうが好きでした。

「夜会マナー」はいまもずっと意識しています。何かの会や食事に出かけるとき、自分のなかで、これは夜会かそうでないかを分けて、夜会、つまり輝きたい場であると判断したときには夜会マナーを採用するのです。

「話がずれている気がしないでもないけど、要するに、関係がはじまったばかりの彼とのデートは、私からすれば完全に夜会なの。輝きたい場でしょう？　もう、たんなる夜会よりもずっと重要、特別な夜会なんだと思う。そんな特別な夜会に、六歳年上なんていう、コンプレックスなんかにはならない条件をコンプレックスとしてもってゆくことないと思うのよ。デートのときは、あらゆるマイナス条件を脱ぎ捨ててゆくことがたいせつなんじゃないかな、ってことが言いたかったの」

彼女は思った以上に私の話に反応してくれて逆に心配になるほどでした。

とにかくいまをめいっぱい楽しんでね、とエールを贈って彼女と別れて、駅までの道を歩きながら、あのころのことを懐かしく思い出していました。

自分の夜会マナーを決めてからはじめて出席したパーティーで、胸をばくばくさせながら、それでも顔をまっすぐにあげて背筋を伸ばして会場に入っていった、あのときの高揚感はいまでも鮮明に記憶に残っています。

なんてすばらしい女だろうと憧れるようなひとは、必ず堂々としていて自然で、そのうえ、品とつつましさがある。なんにも持たなくては出られない夜会だが、持っては絶対に失敗するものがある。コンプレックスと嫉妬心である。

秦早穂子『おしゃれの平手打ち』

ファッションはけっしてわたしたちの存在の
「うわべ」なのではない。
単なる外装ではなく、むしろ魂の皮膚である。

ファッションと後悔

目覚めが重かったので気分があがるような音楽をかけようとiPadを開いたら、そこにあがっていたおすすめの写真にがっかり。嫌な写真なら削除すればいいのに「嫌なこと記念」として保存している自分が悪い。

かっちりとした黒いジャケットにノーアクセサリー、冴えない私が冴えない顔をして私を見ています。

あるテレビ局の取材を受けたときの写真です。

もうかなり前のことですが、私が本で書いた人の番組を作ることになったのでコメントが欲しいという依頼がありました。番組内でビデオ映像として流したいので、撮影もしたいとのこと。

撮影があるのは苦手なのですが、少しでも本の宣伝になればと引き受けました。

取材にいらしたのはディレクターとカメラマンの男性二人。お二人とも、とても丁寧に接してくださって、質問されるまま私はたくさん話し、楽しい時間でした。

――服装を否定されたことがありますか？

数日後、ディレクターの方から電話がありました。ひじょうに申し上げにくいのですが……、と彼が話したのは次のような内容でした。

映像を編集して「上の人」に見せた。あくまでも確認であり、通常はそのまま使えるのだけれど、今回は、撮り直すように、との命令があった。理由は、私の服装。

私は心底驚いて尋ねました。

「なにがいけなかったのでしょうか」

「肩が出ているのがだめだそうで……それからアクセサリーも小さなものをと……」

ディレクターの彼の答えに絶句しました。ほんとうに言葉が出てきませんでした。

取材時、私が選んだのは胸もとの開きが少なくて、袖がふんわりしている、長袖の黒いワンピース。たしかに肩がちょっと見えます。そこに抜け感があるというデザインです。その露出がひかえめなところが気に入っていました。

アクセサリーはマットなゴールドがあしらわれているふぞろいのパールのネックレス。アンティーク調で主張すぎないところが好きでした。

「直接連絡をしたりはしないので」と「上の人」の役職と名前を尋ねたところ、やや上の役職、名前からして女性でした。

「こんなことは、はじめてで、わたしたちも驚いているんです。何がいけなかったのか、わからなくて……それで、撮り直しの日時のご相談をさせてください」

嫌だ、と瞬間思いました。けれど顔が熱くて息も浅くなっていたので落ち着く必要がありました。スケジュール確認のためという理由で折り返し電話をすることにして、電話を切ってから広くもない部屋をぐるぐると回りました。

私が「上の人」にとって、どうしても出演してほしい重要人物であれば、服装が気に入らなくても何も言わないでしょう。私は「上の人」にとって軽い存在であり、服装が気に入らないから撮り直して、と言える相手ということ。見くびられていることが悔しくてなりませんでした。

けれど、それよりも、私が譲れない問題がありました。見くびられたことよりも、こちらのほうが大問題。ファッションです。

ファッションはその人の生き方を表現するもの

ファッションは、その人がどんな人なのかを物語るうえで重要なもの。生き方を表現するもの。その人のたいせつな一部なのだと私は考えています。

以前よりファッションには強い関心があり、ファッションデザイナーの本も書いたし、その方面の本も少なからず読んできました。

そんななか、私が本格的にファッションというものについて考えるきっかけを与えてくれた本がありました。『てつがくを着て、まちを歩こう』。哲学者である鷲田清一《わしだきよかず》のユニークで深い考察が素晴らしくて胸躍らせて読みました。

この本は私を勇気づけてくれました。

あなたが考えてきたことは間違ってはいない。ファッションは軽薄なものではなく、生き方そのもの。もっともっと追求する価値があるものなのだと。

次の一節には心がふるえました。


――ファッションはけっしてわたしたちの存在の「うわべ」なのではない。それは、魂のすべてではないけれど、単なる外装ではなく、むしろ魂の皮膚である。


部屋を歩き回るのをやめて、息を整えてから電話をしました。

「考えたのですが、やはり撮り直しの理由が納得できないので、お断りします」

苦々しく残るのは、誰かに何かをされたことではなく、したくないのにしてしまったこと

はっきり断ったのにディレクターの彼は引き下がってくれません。しだいに彼が悪いわけではないのに、と気の毒になってきて結局、撮り直しに応じてしまいました。

撮り直しに応じたことをいまははっきり失敗だったと思っています。

ファッションは生き方を表現するものなのだという、私なりのファッションへの想いがあるというのに、何を着るか、というのは、どんなことを語るか、と同じくらいに重要だと思うのに、私は自分を曲げてしまった。あれはすべきではなかった。

苦々しく残るのは、誰かに何かをされたことではなく、したくないのにしてしまったこと。そんなことを知った出来事でした。

ファッションはけっしてわたしたちの存在の「うわべ」なのではない。それは、魂のすべてではないけれど、単なる外装ではなく、むしろ魂の皮膚である。

鷲田清一『てつがくを着て、まちを歩こう』

人生には二つのシーズンがある。
一つは、あらゆることが一度にやってくる
「生を引き寄せるシーズン」。
もう一つは何も引き寄せない
「沈滞のシーズン」。

沈滞と磁石

今日も誰からも連絡がなかった。

夜ベッドに入る前にふと思って、いま自分が「沈滞のシーズン」にあることを自覚しました。

趣味のアルゼンチンタンゴを踊るために月に数回、外出をして社交をしているけれど、それ以外は何も起こらない。仕事だけを黙々と続けている日々です。

落ちこんでいるわけではない。体調も悪くない。

誰からも連絡がない日が続けば、ひゅう、と胸のなかを冷たい風が吹き抜けたようにはなるけれど、すごく寂しい、というわけでもない。ただ、ワクワク感とは無縁で、だから楽しくないのです。

何かが起こるとき、それらはかたまってやってくる

仕事にしても、恋愛をふくめた人との出会いにしても、何かが起こるとき、それはかたまってやってきます。もうすこしバランスよくお願いします、と言いたくなるほどに忙しくなって、カラダがひとつではぜったい足らない、と断言したくなります。原稿依頼が次々にきて、講演依頼もあり、友人知人からの音楽会やパーティーの誘いもあって、もう一人の自分が欲しいと切実に思うようなシーズンと、そんなのどこにいった？ とキレたくなるシーズンがあります。

このキレたくなるシーズンが「沈滞のシーズン」でコクトーの言葉を借りています。

――人生には、あらゆることが一度に押し寄せ、僕らに磁気を帯させ、生を引き寄せる時期が何度かある。そして今のような沈滞の時期も。

「時期」よりも「シーズン」のほうが私にはピンとくるので、シーズンと替えて使っているのです。

コクトーのこの言葉にふれたのは、三十代の終わりのころで、いまと同様、まさに沈滞のシーズンにいたから、とても響きました。

詩人、映画監督、画家……マルチの才能をもち、シャネルやピカソとの親交も厚く、時代の寵児であったコクトーにさえも、沈滞のときがあったのだという、なにかちょっと安堵めいた想いもありました。

けれど心に強く響いたのは、沈滞のシーズンにあっても、いまはそのとき、と彼は認識していて、やがてまた生を引き寄せるシーズンがくるということを経験から知っている、ということでした。

私はコクトーと違って、このまま新しい出会いもなく仕事もまわらず沈滞のまま人生がただすぎてゆくのではないか、という不安のなかにいるけれど、私はコクトーが好きでした。彼の言うことなら信じてみたい。

「磁気を帯びさせ、生を引き寄せる」という表現も、とてもイメージしやすくて気に入りました。

――こわれた磁石のように何も引き寄せられないシーズン

だからそのころ友人から電話があって「元気？」と聞かれたとき「かつて磁石だったこともあるタダの石です」と言ったのでした。

友人は笑って説明を求めたので、私は拾いたてのコクトーの言葉を言いました。

「ああ、だからタダの石か、なるほど」と友人は笑ってくれました。

「磁気がゼロだから何も引き寄せることができず、蚊も寄ってこない……みごとに誰からも連絡がない、そんな日々を過ごしていましたよ。磁石だった時代もあったのに」

やさしい友人は、そういうときってあるよね、と電話の向こうでうなずいてくれて、それから「知り合いから聞いた話だけど」と、こんな話をしてくれました。

磁石も、外部の環境や磁石自身の状態で磁力が減る。だからさまざまなことに注意して磁力を保たせなければならない。

「だからあなたが自分を磁石に例えているなら、いまは磁力を保たせるために必要な時間を過ごしているってことじゃない？」

あたたかな励ましをありがとう、と私は言いました。あなたとコクトーを信じて、このつまらないシーズンをなんとか乗りきるわ。

あれから長い時が経ち、いまでは私もコクトーのように、経験からそれを知っています、と言えるようになりました。

言えるようにはなったけれど、それでもいざ自分が沈滞のシーズンに入ってしまうと、やはり楽しくはない。

街を歩いていても道さえ聞かれないし、みごとなまでに誰からも連絡がないし、驚くほどに何も起こらないのですから。

生を引き寄せるシーズンがくるはずというかすかな希望を胸に

沈滞のシーズンは体調が悪いわけでも落ちこんでいるわけでもなく、むしろわりと元気なのです。ただ何も起こらない、だから楽しくない、そういうシーズンなのです。

けれど、経験から、このままではないことを知ったので、いまは沈滞のシーズンにあるということをまず受け入れて、いつ訪れるかわからないけれど、生を引き寄せる、そのときに備えて、ああ、あのときこれをしていてよかった、ということに集中しようかな、くらいは思えるようになりました。

沈滞のシーズンを「ひとりでできることだけをする日々、自分のことだけを考えて過ごす日々」ととらえてみるのです。

私の場合は、映画、美術館、読書……ついでにスキンケアも思い浮かびます。

けっしてワクワクとした楽しい時期ではないので、生を引き寄せるシーズンのためにそれをしている、という自分への励ましを忘れないことが肝要です。

やがて生を引き寄せるシーズンがやってくるはず、とかすかな希望を胸に、すべてはそのときのために、できることをするしかありません。

人生には、あらゆることが一度に押し寄せ、僕らに磁気を帯させ、生を引き寄せる時期が何度かある。そして今のような沈滞の時期も。

ジャン・コクトー『占領下日記』

たっぷりと心から笑いあえる友人はほんとうに少ない。
そのような笑いは、ふたりに共通の認識がなければ
生まれないからだ。
それは、人生がいかに厳しく、不可能なことが
いかに多いかという認識である。

親友と笑い

待ち合わせのカフェで、彼女は窓際の席に座っていました。

ふたりともにこにこと笑うことでそれを挨拶とし、私が脱いだコートを椅子の背にかけるのを待って彼女が言いました。

「雨の降り方と冷たさが、ニースを思い出すね」

もうあれから二十七年が経つなんてね、と私が言い、それにしても久しぶりだね、とふたりで笑いました。

七年ぶりの再会。話がつきなくて、私はけらけらと笑いこけて、気づけばあっという間に四時間が経過していました。

なんて、なんて愉しく、おかしな疲労感と無縁の時間だったことでしょう。

――人生でもっとも重要だったと思う旅は？　と聞かれたら

帰りの電車のなかで、楽しかったなあ、と何度も胸でつぶやいて、それから二十七年前のふたり旅のことを懐かしく思い出しました。

ふたりでどこかに行こう、と計画した旅ではありませんでした。

彼女とは就職の面接会場で出会って、ときおり会うようになったのですが、出会ってからまだ間もないある日のおしゃべりで、いますぐにでも旅をしたいと思っていること、行き先、行くならこのあたりという日程、すべてが一致していたので、それなら一緒に行きましょう、ということになったのです。

北イタリアと南フランス、二週間の旅でした。

海外旅行に限って数えれば、ヨーロッパを中心に、ひとり旅をふくめ、これまで十五回くらい旅行を経験してきたけれど、もっとも重要だったと思える旅は？と問われたら迷わず、あのときのふたり旅を挙げます。

あのときに彼女と話したこと、見たもの聞いたものが、どれほどその後の人生にとって重要だったか、いまはとてもよくわかります。

当時も、なんだかすごい旅だったな、いわゆる気づきというのにあふれていたな、と感じてはいて、だから旅から五年後、彼女の協力を得て私は旅行記を書きました。本にしたい想いもあったけれど「あまりにも私的すぎる」という理由で出版が難しいようなので、自分のサイトに「私的時間旅行」というタイトルで公開しています。

いま読み返すと恥ずかしいほどに赤裸々で、そして稚拙な部分も多いけれど、私にとってはたいせつな作品です。

その旅行記の最後に次の一行があります。

――私はこの歳になって、はじめて「友」という言葉を理解した。

旅行したとき私は三十歳。それまでの人生、私は同性の友人が少ないようだ、と思ってはいたけれど不都合はなかったから、とくに欲しいと思いませんでした。

人は自分が知らないものを欲することはできないのです。

旅行記で私は「友」と書いたけれど、それは、親友といえる友、という意味です。

一緒に眠ることのできない人とは友だちになれない

親友といえば、ちょっと前にずいぶん年下の友人がこんなことを言っていました。

「私の場合、その人と親友になれるかどうかは旅行に行って同じ部屋で眠るとわかります。同室で眠れるか眠れないかで本質的な相性がわかるんです。とても仲がいいと思っていても、眠れないと、その人にはどこかで心を許していないことがわかります」

面白い視点ね、ピカソみたい、と私は言いました。

ピカソも似たことを言っています。

「一緒に眠ることのできない人とは友だちになれない」


そういえば、二十七年前のふたり旅、当初は私の希望で、それぞれ一人部屋ということにしてもらっていました。私は他人がいる部屋で眠ることが苦手なのです。最初の数日だけ彼女の友人の家に泊めてもらったのですが、びっくりするほどに楽しい時間を過ごしていて、会話も濃くて眠るのがもったいないほどで、だから彼女に変更を提案して、私たちは旅の終わりまで同室で過ごしました。


夜、まぶたが閉じるぎりぎりまでおしゃべりをして、そして私は自分でも驚くほどによく眠れたのです。

だから眠りもたいせつ、ということはよくわかります。

親友とは心からの笑いを共有できる人のこと

それに加えて私は笑いの共有があると思っています。ともに大笑いできるかどうか、笑いのポイントが同じかどうか、その相性もたいせつなのだと。

ふたり旅をした親友も大好きだというメイ・サートンの日記に次の一節があります。

――こんなにたっぷりと心から笑いあえる友人はめったにいない。その笑いはふたりに共通の認識から生まれるもので、いかに人生は厳しく、不可能なことが多いかという認識もそこにある。

共通認識の部分は年齢を重ねて響くようになりましたが、仲良くなりはじめたころは笑いの部分に共鳴して、まさに私たちふたりのことだ、と思ったものです。

親友に出会えることは、恋愛における運命の人に出会うより稀な人生の奇跡

親友。一人でもいたなら、それはとても幸運なことなのだと思います。二人いたらもう何も言うことはないくらいに幸運です。

対等で、真実、本音を言えて、魂が共鳴していると思える。つねに一緒にいるわけではなくて、人生のなかでは、会うことのないシーズンもあるけれど、つながりは感じ続けている。だから空白のときがあっても、再会のときは昨日の続きのような時間を過ごせる。そして、同室で安眠できて、大笑いを共有できる。

六十年近く生きてきて、いま思うのは、私の場合、このような友をもつことは、恋愛での、いわゆる運命の出会い的なものよりも希少で、ほとんど奇跡的、ということです。

帰宅して、眠る前の時間に彼女とメールのやりとりをしました。

「お互いにまた、たくさんの時間を過ごせるシーズンが到来したのだと思う。生き続けていたからだね」と書きながら、メイ・サートンの言葉に私たちふたりを、最後の部分をかみしめるようにして、重ねていました。

こんなにたっぷりと心から笑いあえる友人はめったにいない。その笑いはふたりに共通の認識から生まれるもので、いかに人生は厳しく、不可能なことが多いかという認識もそこにある。

メイ・サートン『回復まで』

感動しているのはこっちで、
その絵じゃないんだよ。
こっちはふるえあがるほど感動してるのに、
向こうは知らん顔して
壁に掛かったままなんだから。
その絵がすばらしいんじゃない。
感動しているこっちがすばらしいんだ。

感動と真実

季節柄なのでしょうか。大学受験の予備校の電車広告が目につきました。それぞれに工夫しているキャッチコピーをおもしろく眺めていたら、なつかしい想いがこみあげてきました。

数えてみれば、あれからもう八年も経っていてびっくり。数えなおしてしまったほどです。ついこの間のことのようなのに。

ある真冬の夜のこと。

仕事を終えてリビングに行くと、娘が目を真っ赤にして鼻をかんでいて、私を見ると、ひどく照れくさそうに言いました。

フィクションから得た感動はフィクションではない

「映画に感動しちゃって」

「何の映画？」と尋ねると「ママが観ない種類の映画だよ」とへんにことわってから話してくれました。

映画のタイトルは『ビリギャル』。原作は『学年ビリのギャルが1年で偏差値を40上げて慶應大学に現役合格した話』。

「原作のタイトルがそのまま映画の内容なんだけどね」と、それでも興奮気味にストーリーを説明してくれてから、娘は言いました。

「かなり感動しちゃった。でも、まあ、実話をもとにしているとはいえ、フィクションだからね」

私はいつになく自信をもって言いました。

「でもね、フィクションから受けとった感動は、フィクションではない」

たとえその作品がフィクション、ほかの人が作った作品だとしても、そこから受けとったこと、感動したということは、あなた自身の真実。すごいのは、映画じゃなくて、感動してるあなたの心。

娘がいつになく前のめりなかんじだったので、私がたいせつにしている岡本太郎のエピソードを話しました。

若き日の岡本太郎がパリでピカソ作品に感動したときのエピソードです。

ある日、ピカソの絵の前に立った岡本太郎は感電したようになり、全身をふるわせて立ちつくします。自宅に戻るバスのなかでは涙があふれてきて、窓外のパリの街が見えないほど。

━━感動している自分がすばらしい

それは岡本太郎が進むべき道を見出した、決定的な体験でした。

そんな感動体験をパートナーの岡本敏子さんに語りながら、太郎はこんなふうに続けました。

――感動しているのはこっちで、その絵じゃないんだよ。いいかい。こっちはふるえあがるほど感動してるのに、向こうは知らん顔して壁に掛かったままなんだからね。その絵がこっちに共感してガタガタッと動いたり、壁から落っこちでもすれば、それはお互いの問題だけど。だから感動するこっちだけだ。その絵がすばらしいんじゃない。感動しているこっちがすばらしいんだ。

作品ではなく、その作品に感動している自分がすばらしい。絵画にしても映画にしても本にしても、そこから何かを受けとったとしたら、受けとった自分がすばらしいのだ。

この岡本太郎の言葉をはじめて知ったときは、ほんとうにその通りだと思い、自分が考えてきたことを肯定されたようで心強く思ったものです。大好きな言葉です。

当時高校生の娘は「私たちはキャラが違うんで」と、私の影響を意識的に拒んでいるようなところがあったし、私の本も「こっぱずかしいから」と読んでいなかったし、私も、母親から言われたことなんてたいていは響かないものよね、と思っていたから、あまりこういったことは話していなかったのだけれど、このときはめずらしく「なるほど」と真剣な顔でうなずいていました。

翌日彼女の机の前に「フィクションから受けとった感動はフィクションではない」と書かれた紙が貼られていてガッツポーズするくらい嬉しかったのを覚えています。

娘は美術系の中学高校に通っていて、よほどのことがない限りそのまま大学に進むことができたのですが、高校二年生の夏くらいから「なにか違う」と思ったらしく、ほかの美術系の大学ふくめて、進路を模索していました。

ビリギャル体験の数日後、あらたまって話があると言われました。

「無謀なことはわかってるけど、美術系ではない大学に進学したい。協力をお願いします。笑われるから人には言えないけど、ビリギャルが落ちた慶應義塾大学文学部を目指します。スタート偏差値の低さでは負けてないから、やりがいもあるかと」

人が変わったように、とはあのこと。いいえ、あれは変身でした。「美大の付属校でおおらかな学生生活を謳歌している子」はもうどこにもいませんでした。

私も『ビリギャル』を観て涙したけれど、映画以上に娘の変身ぶりは劇的で、自分の娘だからということももちろんあるのだろうけれど、日々スリリングでワクワクするドラマを観ているようでした。一年後、彼女は目標を達成しました。

言葉や映画との出合いのタイミングと強度で人生ががらりと変わることがある

きっかけは一本の映画。

それを短絡的だと言う人も、大学で何を学ぶかではなく偏差値が高いという理由でそこを目指すことを疑問に思う人もいるかと思います。

けれど彼女はおそらく、あの映画に描かれていた主人公の、いまの自分のままじゃ嫌だ、という想い、何かに挑戦したい、という想いに共鳴したのでしょう。

目標に向かって全身全霊をかけて臨む、というその姿に美を見たのでしょう。

あんなふうに人生の一時期を生きてみたい、と思ったのでしょう。

その強烈な想いを前にしたら、どんな理屈、どんな批判も色褪せてしまうように私は思います。

遠くに島がいくつか見える。一番遠くの島に行きたい。荒れ模様の海だけれど、願いを叶えるために全力で泳ごう、と思うこと。それを実行したこと。もうそれだけでじゅうぶんに意味があるのだと思います。そして目標の島にたどり着いたなら、それはすばらしいことです。もうひとこと加えるとすれば、さらなる可能性として、その島で、とてもたいせつなものを見つけるかも、しれないのです。

予備校の電車広告からあのときのことを懐かしく想って、言葉にしても本にしても、娘のように映画にしても、若き日の岡本太郎のように絵画にしても、その出合いのタイミングと強度で人生ががらりと変わることがあるから人生はおもしろい、と明るめの気分になりました。

そしてあらためて思います。胸に響く事柄はそんなに多くはないから、出合えたならたいせつに向き合いたいと。

感動しているのはこっちで、その絵じゃないんだよ。いいかい。こっちはふるえあがるほど感動してるのに、向こうは知らん顔して壁に掛かったままなんだからね。その絵がこっちに共感してガタガタッと動いたり、壁から落っこちでもすれば、それはお互いの問題だけど。だから感動するこっちだけだ。その絵がすばらしいんじゃない。感動しているこっちがすばらしいんだ。

岡本太郎／岡本敏子『岡本太郎が、いる』

私を疑った人、否定した人、ひどい目にあわせた人。
私に向かって「できない」「やるわけがない」
「してはいけない」と言い続けてきた人。
あなたたちが私を強くし、努力をさせ、
闘志みなぎる人間に、いまの私にしてくれたの。
だから、ありがとう。

若さと侮辱

「見返してやる、と思った経験、ありますか？」

私よりもずいぶん年下の友人からこんな質問を受けました。彼女はフリーの編集者で、仕事で出会った人。また一緒に仕事をしたいね、と言いながら、打ち合わせと称して、ときおりお茶とおしゃべりを楽しんでいます。

穏やかな人で、話し方もゆっくりと丁寧なので、彼女といると私までゆっくりとしたペースになる。そんな彼女から「見返す」という言葉が出てきたから意外でした。

「自分を見下した人に対して自分がすごいんだ、ってことを見せつける、みたいな？」

「そうです、いまに見てろよおまえ、って目のなかに炎ギラギラのイメージです」

聞けば、彼女は嫌な人と仕事をしている真最中なのでした。

＝若い、女、フリー、この三つがそろうとナメられる

とある大手の会社と仕事をすることになった。担当者は四十過ぎくらいの男性で、最初から「仕事をさせてやっている」という態度。

何度か打ち合わせの時間をもったけれど、時間に遅れてくる、こちらが依頼した資料が揃わない、ミスをする。それを指摘しても、のらりくらりとはぐらかされる。

「ようするに、ナメられているんです。若い、女、フリー、この三つがそろっているので、よくあることといえばあることなんですけど。会社に所属していたときには、ここまでのはなかったな、って」

「若い、女、フリー。わかります。いつの時代も変わらないってことね。私もありますよ。見返してやる、って目のなかに炎がギラギラゆれるほどではなかったかもしれないけど」

――人を人とも思わない態度で見下された経験はありますか？

とても悔しい想いをしたことはあります。

女性誌で画家に描かれた女性（ミューズ）をテーマにした連載をし始めていたころのこと。

ほかにも書きたいテーマがあったので、いくつもの出版社に企画書を送ったけれどなかなか通らない。さてどうしようか、と考えていたとき、知人が大手出版社の女性誌の副編集長を紹介してくれたので、緊張しながらも喜んで出かけました。

副編集長は、小柄な男性で、年齢は私よりもずいぶん上に見えました。そして彼は「しょうがないから時間あけたんだよね」という雰囲気を隠そうともしませんでした。

ああ、知人からの紹介ということで仕方なく了承したんだな、と最初からくじけそうになったけれど、私は自分が書きたいテーマについて語りました。

当時はいまのように一般の人に向けた絵画を楽しむ本がほとんどなかったので、私は絵画に興味がなくても楽しめる、いままでにない切り口の本を書きたいと思っていました。

副編集長に提案したテーマは、男性ばかりのなかで表現をし続けた女性芸術家の人生を、現代を生きる人たちのテーマでもある愛、苦難、希望といった切り口で紹介するという内容のものでした。

かなり嫌な圧を感じながらもなんとか話し終えて、用意してきた原稿を渡そうとしたら、彼はそれを払うようなしぐさをして、とても大きくため息をついて言いました。

「要するに、あなたは、この芸術家たちについての新発見をしたわけではない、という理解でいいですかね。美術の連載って聞いてたから、何か発見があったのかと思ったよ。うちは高級な雑誌なんでね。うちで書きたい実績のある作家がいっぱいいるわけ。そんななかで、どうして実績もないあなたを使わなくてはいけないの?」

私が手渡そうとした原稿を受けとることなく、彼は席を立ちました。

企画が採用されると思って出かけたわけではありません。自分が駆け出しのライターだということもわかっている。

それでも、彼の、人を人とも思わない、思いきりこちらを見下す態度に私は折れそうになりました。実際しばらくの間、企画を持ちこむ活動ができませんでした。原稿を読んで判断を下されたのならまだしも、実績がないというだけで却下されたことが納得できなくて悔しくてならなかった。彼の人間性の問題なのだ、と自分に言い聞かせても、なかなか悔しさはぬぐえませんでした。

私は人の顔をすぐに忘れるけれど、三十年も前のことなのに、彼の顔はよく覚えています。

そのときの企画は美術系の雑誌で採用されました。

実績で却下されずに原稿をきちんと読んでもらえて、それをおもしろいと言ってもらえたことがとても嬉しかった。

シャネルの本を出したい、と企画書を手にいくつもの出版社をまわったときにも、似たような対応をされました。

当時はいまのようにシャネルは知られていなくて、一般向けの本もなくて、でも私は彼女の生き方に惹かれて、ひとりの女性の生き方としての彼女の本を書きたかった。それを求めている人は必ずいる、という自信もありました。

だから「シャネルって女だったの？　誰も興味ないよ、売れない本は出せないよ、あなた専門家でもないし実績もないし」と言われても、持ちこみを続けました。

私の想いを汲《く》みとって企画書を通してくれたのは駆け出しの編集者さん。それでも、企画書は通ったとはいえ、社内は、売れるわけないというムードでいっぱい、編集者さんは孤立していて、悔しい想いをしていました。

だから発売してすぐに重版となり、それからもびっくりするくらいのペースで版を重ねたときには、ふたりでほんとうに喜びました。見返した！という想いもあったかもしれません。

＝自分を侮辱した人に向けての「ありがとう」

見返す、ということで思い浮かぶのは、あのときのマドンナです。

――私を疑った人、否定した人、ひどい目にあわせたすべての人、私に向かって「できないcan not」「やるわけがないwould not」「してはいけないmust not」と言い続けてきた人、あなたたちが私を強くし、努力をさせ、闘志みなぎる人間に、いまの私にしてくれたの。だから、ありがとう。

二〇一六年のアメリカ、ビルボード誌の「ウーマン・オブ・ザ・イヤー」受賞スピーチのラストです。ダイナミックなデザインのパンツスーツの両足を広げて挑むように立ち、原稿を見ることなく自分の言葉で、彼女は自分の闘いの歴史を語りました。

そして最後、自分を侮辱し続けてきた人に向かって、あなたたちがいまの私をつくったの、「だから、ありがとう」と言ったのです。マドンナが自分を侮辱した人たちを見返した瞬間でした。

その実力、人気にもかかわらず、音楽業界から正当に評価されることがなく、それでも自分を信じて、闘い続けて、ようやくその真価が認められたときの、なんともたくましい彼女の姿に、私のなかで、この人の本を書こう、という想いがまたひとつ大きくなったことをよく覚えています。

——実績と実力は違う。若ければ実績などあるわけがない

夢に向かって歩くなかでは、さまざまな困難があります。

とくに年齢が若いうちは「実績がないから」という理由だけで相手にされなかったり見下されたりと悔しい想いをすることが多い。

あのころの自分の体験を振り返っていま強く思うのですが、その人の実力を見ようともせず、「実績がない」というだけで見下すことは思いきり間違っています。

「実績」と「実力」は違います。

実績は過去の結果の証拠。実力はその人がもっている能力そのもののこと。

若ければ「実績」などあるはずがないのです。


――どんなに悔しい想いをしても「でも、負けない」という火を心にもち続けること

それでもマドンナが言うように、そういった悔しい経験も夢に向かうエネルギーになるのだとしたら、どんなに見下されても、侮辱されても、「でも、負けない」と、心に、消えそうだけど、けっして消えることのない火を、もち続けることがたいせつなのでしょう。

彼女は聞き上手でもあるので、うながされるまま私はぺらぺらと、そんな話をしました。

「悔しいことを思い出してついしゃべりすぎちゃった。でも、嫌な人はそこかしこに生息していますからね。いまはナメられて悔しい想いをすることもたくさんあると思うけど……」

「でも、負けない、ですね」

「そうね、でもあなたのようにもっと積極的に、見返してやる、もいいと思います。そっちのほうがマドンナに近いし」

私がそう言うと彼女はにっこりと笑って、胸の前で拳をつくってファイティングポーズをとりました。

とてもかわいらしくもたくましいその姿に、何度でも言いたいと思いました。

若いからと、女性だからと、フリーだからと、礼儀を知らない行動をとる人なんかに負けないでね。

私を疑った人、否定した人、ひどい目にあわせたすべての人、私に向かって「できないcan not」「やるわけがないwould not」「してはいけないmust not」と言い続けてきた人、あなたたちが私を強くし、努力をさせ、闘志みなぎる人間に、いまの私にしてくれたの。だから、ありがとう。

マドンナ／二〇一六年ビルボード誌「ウーマン・オブ・ザ・イヤー」受賞スピーチより

恋人たちはいつもそうだ。
どちらかが絶望していれば、
どちらかがうんざりしている。

恋愛と温度差

ほろ酔いの友人から電話がありました。

夜遅くで私は仕事中だったので、長電話はできないよ、と伝えたら、私の声にかぶせるようにして彼は言いました。

「覚悟がないらしいんだよ」

彼の話をまとめると、次のようになります。

つきあって一年くらいの彼女から、あなたには恋愛における覚悟というものがない、と言われた。その理由は、彼女が落ちこんでいるときにすぐに駆けつけてくれないこと、不満があってそれを話し合おうとすると逃げ腰になること、ふたりのための時間を無理してでも作ろうとしないこと、など。

そして彼女は言いました。

「さびしくてたまらないの。こんなのつきあっていると言えない。あなたがこのままならつきあってゆくのは無理かもしれない」

彼は驚きました。自分にとっての仕事は、生きるということと同義で、彼女はそんな彼が素敵なのだと言ってくれたのに、いま、覚悟がないと言われているからです。

―― 恋愛に覚悟は必要ですか？

彼にしてみれば、落ちこんでいるという連絡があれば、何かしてあげたいとは思う。けれど仕事を放り出して行くという選択肢はない。

話したいことがある、と暗い顔で切り出されて、自分に対する不満を聞いているのがつらい、なぜならできないことばかりを言うから。そういうときは、できるかぎりのことはするつもり、と答える。

また、ふたりのための時間をもっと、と彼女は言うけれど、週に一度は会っている。これは自分史上最高の頻度。

全体的に、彼としてはぎりぎりまで彼女の要求に応えようとしているのに、それでも覚悟がないと言われて、もうよくわからない、そんな状況のようです。

「覚悟」には色々な意味があるけれど、今回の場合は「かなり困難なことが起こっても最大限の力をつくすぞ、と決意する」という意味なのでしょう。

そして彼は彼なりに彼女に対して最大限の力をつくして、つまり覚悟をもって、向き合っているようです。それでも彼女は物足りない。ということは、極端な数字で表せば、彼にとっての120％は彼女にとっての12％くらいなのかもしれません。

だとしたら彼女を満足させるのは、たいへんなことで、それでも彼女を失いたくないなら、さらにがんばらなければならないということなのでしょう。

けれど、最大限の力をつくしているのだとしたら、これ以上何ができるのか、ということなのです。

——毒をもった残酷な言葉でしか救われない人もいる

ムスタキの自伝にあった一節が浮かびました。

——悲しむ必要などないよ。そんなこと、ありふれた話じゃないか。カップルなんて、いつもどちらかが絶望しているかと思えば、もう一人の方はうんざりしているものだよ。

これは歌手のジョルジュ・ムスタキが、フランスの歌姫ピアフと別れて、その悲しみから立ち直れないでいたときに、友人が彼に言った言葉です。

十年くらい前に『エディット・ピアフという生き方』を書いていたときこの言葉に出合って、ぐさりと刺さりました。

どちらかが絶望していて、どちらかがうんざりしている、と言うのです。

どちらかは絶望しているが、どちらかは希望をいだいている、ではないのです。希望ならまだ関連性があるということで救いがあります。絶望と希望は対義語だから。希望ではなく、うんざり。ここに私は恋愛を共有する恋人たちの、残酷な温度差を見ました。

ぐさりと刺さったのは、あまりにも残酷で救いがないけれど真実があったから。自分の経験を考えれば明らかです。

私はいつだって、自分が望むように愛してほしいと相手に要求し、相手にそれは無理と言われて絶望し、絶望している私に相手がうんざりする。逆のパターンもありました。

恋愛における、ふたりの温度差のようなものについては、その道の専門家たちがいろんな言い方で、でもほぼ同じことを言っています。

別々の人間なのだから、感じ方が違うのは当然のこと。それでもお互いの違いを認めて、妥協点を探りながら関係を構築してゆくべき。ふたりは違う人間。まずは違いを認め合いましょう、と。

それはその通りなのでしょう、と思いながらも、どの言葉も私には刺さりませんでした。

なのに「絶望とうんざり」がぐさりと刺さったのは、もう好みの問題としか言えないけれど、ここまで毒をもった言葉でないと、救われない人もいるということではないでしょうか。


そんなことを話して、私は彼に尋ねました。

「それで、あなたはどうしたいの？」

彼は力のない声で答えました。

「これ以上は無理だよ、と言ったら冷酷かな」

そんなことはない、と私は言いました。彼の仕事への情熱を知っていたからです。彼は「できないことはできないよなぁ」と大きく息を吐いて、仕事の邪魔をしてごめん、ありがとう、と言って電話を切りました。

相手の「どうしてもできないこと」にはふれないという暗黙の協定がある恋愛関係

彼の言葉が耳に残りました。

……これ以上は無理だよ、できないことはできないよ。

いったい何度言われてきたことか。そのたびに何度絶望してきたことか。そして相手は要求の多い私にうんざりしていたのです。

それでも歩み寄ることで関係を続けようと努力をした、そんな恋愛もあったし、もう無理、と早い段階で関係を終えた、そんな恋愛もありました。

過去の恋愛を眺めてみて思うのは、相手の「どうしてもできないこと」を理解して、そこだけにはふれないという暗黙の協定があるような、そういう関係は心地よかったということです。

悲しむ必要などないよ。そんなこと、ありふれた話じゃないか。カップルなんて、いつもどちらかが絶望しているかと思えば、もう一人の方はうんざりしているものだよ。

ジョルジュ・ムスタキ『ムスタキ自伝』

自分のことを
必要不可欠であると信じて
疑わない人はみな、傲慢なのだ。

別れと傲慢

彼女はげっそりと痩せて、目をはらして、私の前に座っていました。

都心のホテルのカフェの、奥まった暗い席を選んでほんとうによかった。どんな環境で話を聞くか、これはとてもたいせつなことだと私は思っていて、彼女の話の内容が予想できたのでその席を選んだのでした。


彼女は三十代の半ばで、十年以上同棲をしていた人に別れ話をしたばかり。

別れの理由は、ほかに好きな人ができたこと。

同棲相手のことは好きだけれど、新しく好きになった人のことはもっと好きで、その人と人生を歩んでゆきたいと思ったからです。

相手は自分より苦しんでいるのだから
自分はもっと苦しまないといけない、という呪縛

同棲相手の彼は、彼女と別れたくないと、とても愛しているのだと言い、そんな彼をふりきって新しい人のところへ行こうとしていることが、どうしようもないけれど、ほんとうに苦しい。同棲相手の苦しみを思うと苦しくて苦しくて吐いたりパニック発作を起こしたりしている。

そんな状態なのに彼女は言うのです。

「でも、私、もっと苦しんでいいんだと思うんです。だって彼は私より苦しんでいるから」

私にも似た経験があるから痛いほどにその気持ちわかるけど、と言って、私は次のようなことを話しました。

――自分の傲慢さで自分を苦しめていませんか？

私が大好きな映画監督のトリュフォーは名声も評価も得ていたけれど、最後の最後まで「自分を過信し、傲慢にうぬぼれることを心から恥じていた」人でした。ジャン＝ポール・サルトルを敬愛していて、彼の言葉を引用しながらいつも言っていました。

――自分をこの世に必要不可欠の存在であると信じて疑わない人間はみな、人でなし（サロー）だ。

トリュフォーのことを知りたくて読んだ本でサルトルのこの言葉に出合ったとき、なにかここに重要なことがある、と感じて立ち止まりました。

人でなし、これはあまりなじみがないので、前後の文脈からこれを「傲慢」と置きかえてみました。

自分を必要不可欠な存在だと思うことは傲慢である。

もちろん、これは表現者としての自戒です。けれど、私はこれを恋愛に当てはめて、過去の私にぜひとも教えてあげたいと思ったのでした。

自分から別れを告げて、彼の苦しみを想って、もっと苦しまなければ、と思いつめて、とてもつらかった経験があったからです。


恋愛中は相手にとって自分は必要不可欠と思わないと楽しくないけれど、別れるときは、不可欠ではない、という真実を採用することが必要なのではないか。

自分から別れを告げて、相手が苦しんでいることに苦しむことは悪いことではないけれど、そこには「自分は相手にとって必要不可欠である」という、この先相手には自分より魅力的な人が現れることがないという、傲慢な前提があるのではないか。

あなたと別れることで、彼はもっと素敵な人に出逢えるかもしれない

だからね、と私は彼女に言いました。

「あなたはとても魅力的だし、いまは彼もあなたと別れたくない、愛してる、って言っていて、それはほんとうだと思う。彼が苦しんでいることも事実なんだと思う。でも、あなたと別れることで、この先、彼にすばらしい出逢いがあって、あのとき別れてくれてありがとう、きみのおかげでこの人と出逢えたんだ、って感謝される可能性だってあると思わない？」

ゆっくりと力なくうなずきながら話を聞いてくれた彼女は、私が話し終えると、ふかく息をついて言いました。……らくになりました。

恋愛中は互いに必要不可欠な存在であると信じなければ楽しくないから、そういうときはそれを信じて互いにそんなことを言い合う甘い時をもちたい。

けれど必要不可欠な存在であることが重くのしかかって、つぶされそうになるときもまたあるから、そういうときは、いや、それは傲慢だって、と自分にささやくことも悪くはないようです。

自分をこの世に必要不可欠の存在であると信じて疑わない人間はみな、人でなし(サロー)だ。

フランソワ・トリュフォー／山田宏一『トリュフォー、ある映画的人生』

恋愛とは、
その人の不在を強く感じること。

不在と恋のはじまり

先日、夜遅くに駅に降り立ちました。改札のところにひと組の男女がいるのが目に入って、視線が引っ張られたので、心もちゆっくり歩きながら、目立たないようにふたりを見ました。

二十代のはじめくらいでしょうか、同じくらいの背丈の男女が向かい合って、ちょっと離れているけれど片方の手を握り合って、互いを見つめていました。帰らなければならなくて、でも離れがたいという、なんとも甘やかな空気がふたりをつつんでいて、ついみとれてしまいそうに。

あやしまれないうちに過ぎ去り、家までの夜道をゆっくりと歩きながら、なにかとてもきれいなものを見たような想いが胸にひろがるのを感じました。

親密になって間もないふたりに違いないと勝手に決めつけて、私はあの空気感がたまらなく好きなのだと、久しぶりに恋のはじまりを想いました。

改札であんなふうにしていたこともありました。離れがたくて、電車が来る時間になっても離れられなくて、何本も見送ったものでした。

――再び恋に落ちた瞬間

その夜、眠る前に、遠い日の恋人のことを想いました。思い出すことなんて、このところまったくなかったのに、よほど改札の恋人たちが印象的だったのでしょうか。

恋人と再び恋に落ちた瞬間の記憶が立ちのぼってきました。

私は二十代のはじめ、つきあいはじめて半年くらいの彼が旅行で二週間会えないという、その一週間が過ぎたころのことです。

いつもの書店に出かけたら「恋愛特集」のコーナーができていました。そこにフランソワーズ・サガンの『悲しみよ　こんにちは』があり、タイトルは聞いたことがあるけれど読んだことがなかったので軽い気持ちで買って帰りました。気軽に本を開いて、一気に読み終えて、すっかり魅了されました。いえ、魅了では弱すぎます、サガンという人の物事を見つめる、その鋭い感受性、そして表現力に雷にうたれたようになった、そのくらいの強い衝撃がありました。

これがサガンとの出合いでした。

以後、日本で手に入れられる本はすべて購入、すっかりサガンの虜となり、一時期は、しゃべり言葉までサガンの小説風になったくらいです。サガンが好きでたまらなくて、サガンの本も書き、いまもずっと近くに感じています。

『悲しみよ　こんにちは』のストーリーそのものも好みだったけれど、あのときの私に響いたのは次の一節でした。

――「あなたは恋愛について少し単純すぎる考えをもっているわ。それは独立した感覚の連続ではないのよ」（略）「それは違ったものなのよ」とアンヌが言った。「それは絶え間のない愛情、優しさ、ある人の不在を強く感じること。あなたにはまだ理解できないいろいろなこと……」

十七歳のヒロイン、セシルに「知的な大人の女性」アンヌが恋愛について、やさしくも鋭く諭すシーン。

セシルはアンヌからの言葉に「今まで誰かの不在を感じたことがあっただろうか」と自問するのですが、二十代はじめの私も自問しました。

そして、ああ、とてもよくわかる、と思ったのです。

恋人に会えない日々を送っていたから、いままさに不在を感じている、ということもあったけれど、それだけではなく、彼と出逢ってから「いま彼がここにいたらな」と思う瞬間をいくども経験していたからです。

濃いオレンジの夕陽がとてもきれいな夕刻や、デパートで好きな音楽が流れてきたときなどに「いま彼がここにいたらな」と、いまここに彼がいないという彼の不在を感じていたからです。

恋愛の経験がまだそれほどないころだったけれど「不在」いうキーワードで彼のことを想ったとき、再び恋におちたような心もちになりました。

あれからいくつかの恋愛を経験してきましたが、いつも「不在を強く感じること」、この言葉が近くにあったように思います。

自分の恋心に気づいていないとき、たとえばある会にその人がいなくて、彼がいたらこう言うだろうな、こんなふうにするだろうな、とイメージして、いないことを寂しく思ったとき、あれ、不在を感じているってことは好きなのかな、とときめいたこともありました。

美しいものを見て感動しても、彼の不在を感じない自分に気づいて、恋の終わりを予感したこともまた、ありました。

恋のはじまりの、瞬間瞬間の記憶

それにしても、あの恋愛のはじまりのころを想うと、甘やかでせつないきもちになります。彼という人に出逢えたことは奇跡だと思って、彼のことをもっと知りたくて、自分のことも知ってほしくてたまらなくて、とにかく一緒にいたかったあのころ。

けれど恋愛は、楽しいばかりではありません。むしろ苦しみのほうが多い。もっともつらいのは終わりが見えてしまったころなのか、終わってしまったときなのか。

苦しい経験のなかで、恋愛なんてもういらないと思い、それなのにまた恋愛を求めてしまうのは、恋のはじまりの甘やかな瞬間の記憶のせいかもしれません。

一秒一秒が愛おしい。

そんな時間が人生にありました。その記憶は色褪せません。多くの記憶がセピア色に変わるなか、あの瞬間瞬間の記憶は、あざやかに私のなかに焼きつけられています。

「あなたは恋愛について少し単純すぎる考えをもっているわ。それは独立した感覚の連続ではないのよ」（略）「それは違ったものなのよ」とアンヌが言った。「それは絶え間のない愛情、優しさ、ある人の不在を強く感じること。あなたにはまだ理解できないいろいろなこと……」

フランソワーズ・サガン『悲しみよこんにちは』

表現者は感受性が豊かなのだから、匿名性を利用し、
それを発言することで何も失うものがない者たちの
罵詈雑言に心乱れない人などいない。
なかには有益な意見もあるが、それを見つけるために、
悪意の深淵を覗きこむことはない。
「誰に向かって作品を書くのか」。
創作者はそこだけは絶対にブレてはいけない。

匿名と創作

やさしい友人から、私の本についての感想が綴られたサイトの写真が送られてきました。私の本を読みこんでくださっていること、私が伝えたいことが驚くほどに伝わっている文章に胸が熱くなって、本を書き続けるエネルギーを受けとりました。

私は自分の書いた本が悪く言われることが怖くてなりません。本を出すということは、ごく少数の人からの「読んでよかった」と大多数の人からの無視、あるいは「買って損した」という感想を受けとることなのだとわかってはいても、です。

自分の本の感想に強い作家がいるかどうかは知らないけれど、私の大好きなフランソワーズ・サガンもかなり弱かったということがなぐさみになっています。

彼女はバスのなかで自分の本を読んでいる人があくびをしただけで、自分の本は退屈なんだ、とひどく落ちこむような、そんな人でした。私にはその気持ちがよくわかります。

いまでも新刊を出すたびに、どこか遠くに逃げたくなるし、公式ブログのコメント欄も受けつけない設定にしているくらいに、自分が書いたことに対して悪く言われることが怖い。

二冊目の本を出したときだったか、レビューに「よくこんな本を出す気になったな」と書かれていて、どれだけ落ちこんだことか。それ以来レビューのページを見られなくなりました。

そんな私を知っている友人や家族がときおり、私を励ます記事だけをピックアップして送ってくれるのです。

レビューサイトに限らず、インターネットの世界とは注意深くつきあっているつもりではあるけれど、それでもミスはあります。

——悪意の匿名レビューがもつ凶暴な負のエネルギー

もう十年くらい前のこと。とあるキーワードでネットを検索していたら私の名前と当時出版したばかりの美術本『美男子美術館』が出てきて、つい覗いてしまいました。やめておけばよかった。

そこには、本の内容については、素人が書いたものであると、そして私自身のことについて、この程度で自分のことを作家なんて言っているとは驚く、とありました。頭から冷水を浴びたようになりながらも、見ず知らずの匿名の人に向かって心のなかでうったえました。……私は作家です。私は私だけの作品を創作する者、作家です。エッセイストともコラムニストとも違うように思うから、もっとも自分が落ち着くところで作家としています。ふだん、誰かと話すなかで、職業を聞かれたときには、ものかきです、と言っています……

心臓がばくばくと鼓動し、息苦しくなってきたので、落ち着くために珈琲をいれようとキッチンに立ち、フィルターにセットしようとしたら縁がうまく入らなくて粉がこぼれて、その瞬間、強い怒りがこみあげてきました。

私は珈琲をいれるのをやめて、乱暴な足取りで机に戻り、パソコンの前に座りました。そして深呼吸をしてから、挑むように、いくつかのサイトの自分の本のレビューをすべて、読んだのです。

やはり、ひどいものがありました。レビューとは言えない悪意の数行が、いくつも。この人、個人的に私を知っていて、私のことが大嫌いな人に違いない、と確信するくらいに、そこにある負のエネルギーは強く、あらためて心底怖くなった。

ふと思い立って、私と同じような想いをしている作家はいるだろうかと検索してみれば、いくつかの記事が見つかり、匿名の悪意と闘っている人もいて感嘆しました。なかでもつよく胸に響いたのは小池一夫の文章でした。

〓誰に向かって発信をするのか、そこだけはブレてはいけない

——ネットの匿名掲示板を作家は見ない方がいいとツィートしたら、批判も受けとめての創作ではないかと反論が来たのだが、僕はそう思わない。

元来、表現者は感受性が豊かだし、その匿名性を利用し、それを発言することで何も失う物が無い者達の礼儀無視の罵詈雑言に心乱れない者など何処にもいない。中には有益な意見もあるが、それを見付ける為に、悪意の深淵を覗き込む事はない。作家は、批評を受け入れる事も重要だが、それは、批評する人間としてスジを通したものだけで充分である。「誰に向かって作品を書くのか」。創作者はそこだけは絶対にブレてはいけない。

理知的で、力強くもやさしい言葉に落涙しました。

そう。悪意の深淵を覗きこんではいけない。

何も失うものがない匿名という立場で悪意を発信する人は卑怯で醜いのだから、そんな人に反応することはない。反応しないことなど無理、であるならば、見ないでいることしかない。

もし見てもいい、受け入れてもいいものがあるとすれば、名前がきちんと記されていて、同じ表現者として責任をもつ人のものだけ。それだって、受け入れる義務はないはず。

心ない匿名の人たちは消えることはない。創作のエネルギーを奪われないために見ないでいることも大事

そしてなにより、誰に向かって作品を発表するのか、誰に向かって伝えたいことを発信するのか、それを見失っては、ぜったいに、だめ。

数は少なくても、どこにいるかわからなくても、私と似た感覚をもつ人たちに、私の書くものがなんらかの助けになるような人たちに、私は作品を届けたい。そのためにも、匿名の悪意にではなく、創作のためにエネルギーを使わなければ。

心ない匿名の人たちは消えることはない。だから表現活動のたいせつなエネルギーを奪われないためにも、自らすすんで「悪意の深淵」を覗きこまないように、見ないようにすることも大事。

自分のなかに沁みこませるようにして繰り返し言い聞かせ、パソコンの記事に向かってふかぶかと頭を下げました。小池一夫さん、ありがとうございます。

キッチンで珈琲をいれなおしてマグカップを手に仕事に戻ろうとしたとき、壁に飾られた小さな妖精の人形が目に入って、足をとめました。

娘が小学校四年生のときに「ママへのマッサージ」というアルバイトでためたお金で、長い時間をかけて買い集めた四人の妖精たち。

みんな、目を閉じて微笑んでいます。

そのやわらかな微笑み、妖精たちの姿に私は思いました。

見ないでいることも大事。見ないでいるから微笑むことが可能、そういうこともあるのだと。

ネットの匿名掲示板等を作家は見ない方がいいとツィートしたら、批判も受けとめての創作ではないかと反論が来たのだが、僕はそう思わない。元来、表現者は感受性が豊かだし、その匿名性を利用し、それを発言する事で何も失う物が無い者達の礼儀無視の罵詈雑言に心乱れない者など何処にもいない。中には有益な意見もあるが、それを見付ける為に、悪意の深淵を覗き込む事はない。作家は、批評を受け入れる事も重要だが、それは、批評する人間としてスジを通したものだけで充分である。「誰に向かって作品を書くのか」。創作者はそこだけは絶対にブレてはいけない。

小池一夫 2012.9.12付X(旧Twitter)の記事より

自分で自分を守ろうとしない者を
誰が助ける気になるか。

ハリと涙

体調がよくない日が何日か続くと、いつも思い出す人がいます。信頼している鍼灸院の先生で、彼女の顔を思い浮かべて、どうにもならなくなったら駆けこもう、そう思うだけで安心。いざとなったらあの先生のところへ、という場所があることで日々、精神的にずいぶん支えられています。

先生にはじめて会ったのは、四十代半ばのときだからもう十年以上前。そのころ私は慢性的な体調不良と不安定きわまりない精神状態に苦しんでいて、見かねた友人が、だまされたと思って行ってみて、と先生の鍼灸院をすすめてくれたのです。

——内面の問題を誰かにさらけ出したことはありますか？

友人がその腕を絶賛していた先生は、私よりもずっと若い女性で、へんに寄り添う雰囲気がなく、ちょっとクールで私の好みでした。

けれど問診のとき私は型通り以上のことは話しませんでした。かんじが良くて好みだけれど、治療が合わなくて今日限りになるかもしれないし、目的はあくまでも鍼なのだから、自分の内面の問題を話すことはない。

内面の問題を、ほかの誰かにさらけ出すということを私はしたことがありませんでした。心療内科でも薬をもらうための最低限の情報を伝えるにとどめ、心の奥にあるものを医師が覗きこもうとしてもけっして見せようとはしませんでした。

自分の問題は自分でしか解決できない、ほかの誰かが解決してくれるわけがないと思っていたからです。

治療が始まりました。

すぐに、先生がとても勉強熱心であることがわかりました。私の体についてさまざまな角度から見立てを話してくれるのですが、その知識の幅と深さ、的確な指摘に驚きました。

鍼も心地よく、加えてその軽やかな話し方と、ときおり私の背にふれる手に「いま私はすごく癒されている」と口に出したいほどの実感がありました。

だから後半「さしつかえのない範囲で、日々の生活のこと、うかがってもいいですか？」と先生に聞かれたとき、私は警戒心をすっかり脱ぎ捨てて、聞かれるままに、起床時間、中学生の娘がいること、彼女の朝食を用意してお弁当を作り学校に送り出し、その後仕事をして……といったことを答えました。

そしてさらに、自分でも驚いたことに、聞かれていないことまで、しかも誰にも話したことがないようなことまで話したのです。

――涙には心を浄化する涙と邪気をためる涙とがある

夜が怖くて不眠に苦しんでいること。心療内科でいくつかの種類の安定剤をもらっているけれど、そういう薬を服用していることを秘密にしていること。いつも体調が悪くて精神も不安定で原稿に集中できないでいること。

いま娘は中学生で、とても明るい子で助けられているけれど、いわゆる思春期だからいろんなことに敏感に反応していて、私のことも心配している。娘を心配させている、そのことが苦しくてならない。

「自分が情けなくて、消えてしまいたくなります。でもどうにもならないんです」

先生は、とても明るく軽やかに言いました。

「そんなことない、すごくがんばっているんですよ、わかりますよ」

そのとき涙の堤防が決壊したのでした。

私は声をあげて泣きました。上半身裸でうつぶせで背中に鍼があるのに、そしてはじめて会った人なのに、恥ずかしかったのに、どうにもならなかった。あれを号泣というのでしょう。

先生は、うん、がんばってるがんばってる、と言いながら鍼をうち、泣きやまない私にティッシュをくれて、正確に言えば、ベッドと顔の間にティッシュをぐいっと挟んでくれて、治療を続けました。

治療が終わり、先生にふかぶかと頭を下げてお礼を言い、鍼灸院を出ました。駅に向かう道で、自分の体がすごく軽くなっていることに驚きました。こんなに軽やかに歩いたのはいつ以来だろうと思うほど。鍼も涙も効いたのでしょう。

涙にはカタルシス（精神の浄化作用）があると言います。

けれど、日々泣いていたけれど、その涙はカタルシスなど与えてくれなかった。泣けば泣くほどに心身を重くする邪気の澱《おり》がたまっていくようでした。

自分で自分を守るということは、助けが必要なときには助けを求めるということ

きっと涙にもカタルシスをもたらす涙と邪気をためる涙とがあるにちがいない。そんなことを考えながら歩き、あまりにも体が軽やかだったので、まっすぐに家に帰らず書店に寄りました。
敬愛する作家、塩野七生《しおのななみ》の新刊が出ていたので迷わず購入、帰宅して本を開きました。いきなり冒頭、マキアヴェッリの言葉が飛びこんできました。

――自分で自分を守ろうとしない者を誰が助ける気になるか。

こういう出合いがあるから、本から離れられないのです。

しばらくの間、読み進めることができずに、この言葉を眺めていました。

私はたしかに鍼灸院の先生に助けられました。

ずっと長い間、自分のことは自分が一番よくわかっているのだから自分の問題は自分でしか解決できない、と決めていたけれど、それはある部分で間違っていたということです。自分の内面の問題を、自分ではない誰かにさらけ出すことで救われることもあるのだと、先生に助けられたという事実が教えてくれました。

さらけ出すというのは、隠さずに見せること。

自分が思う理想の自分とまるでかけはなれていて、だからほかの人には知られたくないことも、自分のなかから取り出して見せることです。

私は自分がかかえこんでいる内面の問題をさらけ出すことで、先生に助けを求め、そして先生に助けられたのです。自分から助けを求めに行ったからこそ、助けられたのです。

私は、意識していなくても、もしかしたらずっと待っていたのかもしれません。自分の問題は自分で解決すると決めて、誰にも相談せずにいたけれど、ほんとうは助けを必要とし、待っていたのかもしれない。けれど皆、忙しいのです。じっと助けを待っているだけの人に気づく人は少ないでしょう。

自分で自分を守る、ということは、助けが必要なときには助けを求める、ということでもあるのでしょう。そして、自分のことはやはり自分で守らなければならない。

だから、助けが必要なときには、自ら助けを求める。そうしたら、心ある人たちがきっと、手を差しのべてくれると思うのです。

自分で自分を守ろうとしない者を誰が助ける気になるか。

ニコロ・マキアヴェッリ／塩野七生
『日本人へ 国家と歴史篇』

こうも繰り返しひどい仕打ちを受けることには
理由があるのだろうと思うしかなかった。
私のなかにいる強い人間は逆境でこそ力を発揮する。
逆境におちいっている理由を深く掘り下げること、
それは自分への挑戦なのだ。

逆境と大根

久しぶりにSNSを眺めていたら、私が好きなアーティストが長文の投稿をしていました。何か良くないことが起こったことが最初に記されていたので心配になって全文を読んだのですが、それは衝撃的な内容でした。

仕事で信頼していた人に裏切られたこと。多額のお金を失ったこと。証拠がなく訴えることもできないこと。その人との仕事はもちろん続けないため、しばらく経済的にきつい状況が続くががんばります、ということ。

衝撃的だったのは、私が十年ちょっと前に経験した事件と酷似していたからです。

仕事関係で信頼していた人に裏切られて、かなりの額のお金を失ったことが私にもありました。

＝世の中には息をするように嘘をつける人がいる

騙されていた、裏切られた、とわかったとき私は弁護士に相談しようと思いませんでした。決定的な証拠に欠けることは素人の私にも明らかだったからです。だからなんとか自力でお金だけでも回収しようとしました。何度かけても電話に出てくれなかったので、メールを送りました。理由を知りたいと、きっとなんらかの事情があるのでしょう、という内容のメールを何度か送ったらようやく電話がきました。メールでの返信をしなかったのは証拠を残さないためなのだと、あとになってわかりましたが、電話で彼は次のようなことを言いました。

彼は彼で大変な問題をかかえていること、私がお金を出したのは私の選択、私の勝手であること、さらにメールを送られるのも精神的苦痛となるので今後いっさい連絡しないでほしいこと、最後はぞっとするような脅しめいた言葉で電話は切られました。

勝手に切られた電話のあと、彼との過去のやりとりを一つ一つ思い返して、その一つ一つに愕然《がくぜん》としました。

世の中には息をするように嘘をつける人がいるのです。

私はなんて人を見る目がないのだろう、なんて甘い人間なのだろう。自分をさんざん責めました。

大金を失ったショックも大きく、だからこそ、生活があるから仕事に集中しなければ、と思っても力が入らない。これってわりと逆境っぽいですよね、と軽めにつぶやいてみてもどうにもならない。そんなことがあったのです。

長文の投稿をしていたアーティストの彼とは一度だけ仕事をしたことがあります。

彼の実直さがよくあらわれている瞳を思い出して、彼はいまたいへんな状況にあるのだろうと想像して胸が痛みました。それからあの日の記憶が鮮やかにたちのぼってきました。

――水がなくても生きるために必死で根を張る植物のように

あるイベントについての打ち合わせに出かけた日のことです。

打ち合わせの日程は裏切り事件のひと月前に決まっていました。相手はあまり知らない人だし、人間不信の只中にいるし、落ちこんでいるし、体調も悪いし、雨も降っているし、出かけること自体がひどく億劫でした。

それでも自分を奮い立たせるようにして準備をして、傘を手に部屋を出ました。

雨が降っていたのはわかっていたけれど、マンションのエントランスで立ちつくすほどの強い雨を前に、自分のなかの最後の芯のようなものが崩れて、もうすべてが無理、とその場にしゃがみこんでしまいそうになったそのとき、目の前の道路にタクシーが停車して人が降りてくるのが見えました。

あれに乗ればなんとかなる、タクシーに駆け寄るようにして乗りこみ、近くてすみません、と行き先を告げ、ほっとひと息ついたとき、運転手さんが言いました。「ようやく雨が降りましたねえ」。年配の男性でした。

「さっきラジオで言ってたんですけどね、大根が抜けなくて大変だったらしいですよ。水不足でしたからねえ、水を求めて大根の根が四方八方に張り出すんだそうですよ、大根も大変ですよねえ」

ふいうちでした。

私はどっと泣き出しそうになるのを必死でこらえました。大根の話で泣いたりしてはいけません。でも、水がなくて、水を求めて、地中に根をあちこちのばして、なんとか水を得ようとする、生きるために必死で根を張る大根の姿に涙腺が刺激されてなりません。

涙をこらえて「そのようにして成長した大根はきっと強いのでしょうね」と返したのですが、運転手さんは次の話に移っていました。

打ち合わせを、ちょっとぼんやりとしながらも無事に終えて帰宅し、着替えもしないまま書棚から一冊の本を取り出しました。お守り本の一つ、メイ・サートンの『独《ひと》り居《い》の日記』のあの箇所を読みたい、と思ったからです。

――私がこうもくり返して殴打されるのには理由があると心のどこか深いところで信じるようになった（それは生きていくための一つの方便だろうが）――つまり私は成功するようにはできていない、逆境こそ私にふさわしい風土なのだと。私の内部の人間は、逆境で栄える。より深く掘り下げることが私への挑戦なのだから。

私は、逆境が人を育てるという考え方を好みません。逆境なんてないほうがいいし、苦労は買ってでもしなさいと言う人とは仲良くなれない。苦労なんて買いたくない。けれど、望んでいなくても逆境的状況におちいるときが人生にはあります。

逆境を生きてやる、と決意しなければ生き抜けないとき

そんなときはメイ・サートンのこの言葉をかみしめてきました。

逆境こそ私にふさわしい、なんてまったく思えないけれど「私の内部の人間は、逆境で栄える。より深く掘り下げることが私への挑戦なのだから」と自分に言うことでしのいできました。

逆境におちいってしまったならしょうがない、テーマを与えられたのだと思おうよ、テーマを掘り下げて、これもまた豊かな人生の一部となるようにしようよ、と自分に言い聞かせることで、なんとかしのいできたのです。

ラインが引かれたサートンの言葉を繰り返し目で追いながら、これまでの大小さまざまな逆境的状況を思い出し、そのたびにへろへろになりながらも乗り越えてきたことを思い出し、だから今回もきっと乗り越えられるよ、と自分を励ましました。

本を膝に置いて窓の外を見れば、暗くなりかけた空から雨がやむことなくおりてきていました。

タクシーで聞いた大根の話を想いました。たまたまマンションの前に停まったタクシーの、ワンメーターの距離で運転手さんから聞いた話を。

あのとき泣きそうになったのは、生きるために必死で根を張る大根に自分を重ねたからだけれど、サートンの言葉と逆境のなか必死で根を張る大根もまた重なります。

私も、と思いました。自分のなかにいる強い人間がちらりと見えました。

いまも思います。しつこく繰り返しますが、けっして逆境を歓迎はしないけれど、人生には、水分や養分が少なくても生きるために必死で根を張る植物のように、逆境を生きてやる、と決意しなければ生き抜けないときもあるのだと。

ほんとうにつらいけれど、それでもなんとか乗り越えたなら、きっとまたすこし強くなっていると思いたいのです。

私がこうもくり返して殴打されるのには理由があると心のどこか深いところで信じるようになった（それは生きていくための一つの方便だろうが）——つまり私は成功するようにはできていない、逆境こそ私にふさわしい風土なのだと。私の内部の人間は、逆境で栄える。より深く掘り下げることが私への挑戦なのだから。

メイ・サートン『独り居の日記』

人間にも冬眠という素晴らしい能力が
あればよかった。
行きづまったら、冬眠すればいい。

冬眠と薔薇

原稿がすすんで、長引いていた風邪もようやく治る気配、久しぶりに気分がよい午後、近くの花屋さんに出かけました。

季節の花を何輪か、と思ったけれど、真紅の薔薇がとても綺麗だったので薔薇を買うことにしました。「こんなにいい薔薇が入ってくるのは珍しいんですよ」とお店のご主人が言い、それはラッキーですね、と私は薔薇を受けとりました。

花を手に歩くだけで、ちょっと綺麗な人になれる気がして心が華やぎます。この気分をあじわえただけでも花を買ってよかったと思えるくらい。

冷たい空気に頬をなでられながら、美しい真紅の色にみとれて思いました。冬の薔薇だから輸入品か温室育ちなのだろうと。

＝薔薇は冬眠することで再生の力を得る

軽井沢に住んでいるときに出会った、私よりずっと年上の女性のことを思い出したのは、彼女が薔薇を育てていたからでしょう。彼女のちょっとかすれたやわらかな声がなつかしく聞こえてくるようでした。

あるとき、すこし疲れ気味でいる私に彼女はこんな話をしてくれました。

「薔薇も熊みたいに冬眠するんですよ。ちょっと病気になったり、虫にいたずらされたりしてもね、冬に休眠すると、きれいに再生するんです、春になってね、薔薇の花が咲くといつもその生命力に感動します」

「人間にも必要ですね」

私が言うと、白髪の彼女は「そうそう。人間にも冬眠が必要なんですよ、綺麗に咲くためにね」と笑って続けました。

「薔薇だけではないのね。寒くなったりしてね、生育するのに適さない環境だな、って思うと植物は冬眠しちゃうの。成長が止まっているように見えてね、まるで死んでしまったかのようですよ。けれど、根は順調に成長を続けているのね」

いままでに読んだ小説やエッセイのなかにも植物の冬眠を例に、人間も休むことが必要、と言っているものがいくつかありました。日本画家の堀文子の本もそのひとつ。

――どうして人間に「冬眠」という素晴らしい能力を神からいただけなかったのか。行きづまったら、冬眠する。そうすれば無駄な喧嘩も競争もしなくていい。人間は冬眠できないから永遠に戦い続けている。

植物だけではなく、冬眠する動物のことも言っているのかもしれないけれど、「行きづまったら、冬眠する」という言葉に、私は共鳴しました。

風邪をひくなどして「休む理由」が見つかって、ほっとしたことはありますか？

体調がひどく悪いわけではない。何かを理由に落ちこんでいるでもない。やりたいこともやらなければいけないこともある。けれど、気力がわかない。

一年のうちに、こんな日々がいったい何度あることでしょう。

そのときはひたすら気力がわかなくて、なんなのこれ、と思うしかできないけれど、振り返ってみると、自分がもっている以上のエネルギーを使っていたり、自分が感じている以上に周囲に気を配ったりしていて、ちょっと行きづまっている状態にあったのだとわかります。そんなときは免疫力も低下するから風邪をひきやすい状態にあって、じっさい風邪をひくと、もちろん嫌なのだけれど、どこかでほっとしている自分もいる。「休む理由」があるからです。

――プチ冬眠で再生するためのエネルギーを養う

軽井沢の薔薇の彼女や堀文子が言うように、人間にも冬眠が必要なのです。肉体を養い、心を守るというのは、たいへんなエネルギーを必要とするのだから。

長期間の冬眠はまた別の問題となるけれど、プチ冬眠ならなんとかいけるはず。何もしないで日々を過ごすのです。無駄な時間を過ごしていると苛ついたり落ちこんだりすることはありません。無駄ではなくて無為、何も成さない時間を過ごしているのです。

無為の日々は、再生するために必要な時間。冬眠している植物の根が順調に成長しているように、自分という人間が、見えないけれど、ちゃんと養われている時間なのです。

体と精神が冬眠を求めているというのに、それが必要だから求めているというのに、それに抗って自分を責めたり無理に動いたりすることこそ無駄なのではないか。

このところ私はそんなふうに考えることにしています。

プチ冬眠の回数は増えているかもしれないけれど、そんな自分を無駄に責める回数は減ってきているように思います。

どうして人間に「冬眠」という素晴らしい能力を神からいただけなかったのか。行きづまったら、冬眠する。そうすれば無駄な喧嘩も競争もしなくていい。人間は冬眠できないから永遠に戦い続けている。

堀文子『堀文子の言葉 ひとりで生きる』

寂しくてしょうがない。
私がいつも、彼にしてあげているようなことを、
私にしてくれる人が欲しい。
でも誰もそのやり方を知らない。
私は寂しい。
だから日記の中で私は私が欲しい応えを書き綴る。
自分で自分を養わなければならない。

読書と才能

発作を起こした患者があわててバッグのなかの薬を探すように彼女の本を開く、ということを、いったい何度してきたことでしょう。

多くの作家の多くの本に救われてきたけれど、一時期は、ほぼアナイス・ニンの本だけが私の救世主でした。

けれど、今回アナイス・ニンの日記『インセスト』を開いたのは、救いを求めてではなくて、アナイスの翻訳者の杉崎《すぎさき》和子《かずこ》先生追悼のためでした。

私を何度も救ってくれたアナイスの言葉は杉崎先生の翻訳、先生の文章を通してのアナイスの言葉。杉崎先生の訃報を受けたしずかな夜、私はアナイスの日記を、アナイスの言葉を私に伝えてくれる先生の美しい文章を、先生を愛しながら読みました。

＝「生きることへの渇望」がありますか？

私にはふかく敬愛する作家が何人かいますが、そのなかでもアナイス・ニンは私のなかに異彩を放って特別に存在しています。

アナイスを日本に紹介した作家、中田耕治《なかだこうじ》は『エロス幻論』のなかでアナイスを語るとき「生きることへの渇望」という言葉を使っています。まさに、ときに絶望しながらも貪欲に「生」を追求してゆくアナイスに私はつよく共鳴し私自身を重ねました。

アナイスの日記には、自分が書いたのではないかと思える箇所が多くて、それは驚くほどで、だから自分に起こった出来事を特定されたくないとき、それでもそのとき感じたことを残しておきたいときには、アナイスの日記を引用してきました。好きな言葉もどっさりあるけれど、追悼の読書でアナイスの声がいちだんと切実に響いてきたのはこの一節でした。

――寂しくてしょうがない。私がいつも、ヘンリーにしてあげているようなことを、私にしてくれる人が欲しい。私は彼が書くものはすべて読む。彼が読む本は私も読む。彼の手紙には必ず返事を書く。彼の話を聴き、言ったことをみんな覚えている。彼のことを書く。彼に贈り物をする。彼を守る。彼のためならいつだって、誰だって諦められる。彼の思考をたどり、参画する。情熱と母性と知性をかたむけて彼を見守っている。では彼はどうか。私のために、彼にはこんなことはできない。誰にもできない。誰にも、そのやり方がわからない。私の才能、私が生まれながらに持っているものだ。
私は寂しい。だから日記の中で私は私が欲しい応えを書き綴る。自分で自分を養わなければならない。

憂鬱な気分を吹き飛ばす。緑色に染め直した古いコートをはおって、冷たい秋の街に出る。

私がいつも、彼にしてあげているようなことを、
私にしてくれる人が欲しい。

ヘンリーとは『北回帰線』で知られる作家のヘンリー・ミラー。ふたりは一時期、熱愛関係にあり、互いの文学に濃厚に影響を与え合いました。これはそのヘンリーと毎日のように会っていたころのアナイス三十歳、ある秋の日の日記です。

アナイスは自分で言うように愛する「才能」をもった人でした。アナイスに愛された多くの男性たちがそれを証言しています。そんな彼女が「寂しくてしょうがない」と、私がいつも彼にしてあげているようなことを、私にしてくれる人が欲しいと愛を渇望している。

いままでに何度もこの箇所にラインを引いたり、書き写したり、余白に自分の心情を書きこんできました。

誰にも言えない貪欲な自分をもてあましているとき寄り添ってくれる本

自分のなかにある愛のカロリーをもてあましていたシーズンには、自分の状況に合わせてアレンジしてノートに書いたこともあります。

アナイスの愛されることへの渇望はそのまま私のものでした。いつだって、まだ足りない、もっと欲しいという渇望が私のなかにありました。

一度でいいから、おなかいっぱいだからもういりません、というような想いをしてみたい、過剰をあじわってみたい、もう充分です、と言ってみたい、おぼれるように愛されたい。

そんな、誰にも言えない貪欲な自分をもてあましているときに寄り添ってくれるのはアナイス・ニンの本だけだったのです。

――愛を渇望しながらも自分しかない、という強靭《きょうじん》さ

けれど追悼の読書で切実に響いたのは、愛の渇望ではなく、最後、一行あけて「憂鬱な気分を吹き飛ばす。緑色に染め直した古いコートをはおって、冷たい秋の街に出る」、ここでした。

誰も私のようにはできないから「自分で自分を養わなければならない」と日記に書きつけることで「憂鬱な気分」を吹き飛ばして、秋の街に颯爽と出てゆく。なんてきびしくも美しいシーンなのだろう、と胸うたれたのです。

たくさんの愛をもって生まれたために、たくさんの愛を与えることはできるが、自分がそれをできるがために、同じものが欲しいと思ってしまう。でも自分のような人はいないから、誰からも自分が望むものを与えてもらえない。

それを寂しいと言いながらも結局のところは、自分の愛の才能を誇り、日記に書くことで、自分で自分を養って生きてゆく。

愛を渇望しながらも自分しかない、という彼女の強靭さがここに厳然とあって、あらためてこの人のことがたまらなく好きだと思ったのです。

いつかアナイス・ニンという稀有《けう》な女性のことを本に書きたい、と祈るように思った杉崎和子先生追悼の読書でした。

多くの作家の本を読むことを推奨する人もいます。私もなるべくたくさんの作家の本を、と心がけてきました。あまり合わないな難しいな、と思ってもなんとかじっくり読み通したり、とにかくたくさん、と乱読したこともある。そんな読書をしてきて、最近になって気づいたことがあります。

共鳴する作家、共鳴する本はそれほど多くはない、むしろ少ないということです。

多くの本を読むことだけがよいことでもない。このところはそんなふうに思うようになりました。今回の読書のように、何度も読んだ本なのに新鮮な感動がある、そういうことが、よくあるのですから。

長い年月をかけて、つよく共鳴する作家の本を繰り返し読むなかで、いままでに見えなかったものが見えたときのよろこび。これもまた読書の真の愉しみであると私は思うのです。

寂しくてしょうがない。私がいつも、ヘンリーにしてあげているようなことを、私にしてくれる人が欲しい。私は彼が書くものはすべて読む。彼が読む本は私も読む。彼の手紙には必ず返事を書く。彼の話を聴き、言ったことをみんな覚えている。彼のことを書く。彼に贈り物をする。彼を守る。彼のためならいつだって、誰だって諦められる。彼の思考をたどり、参画する。情熱と母性と知性をかたむけて彼を見守っている。では彼はどうか。私のために、彼にはこんなことはできない。誰にもできない。誰にも、そのやり方がわからない。私の才能、私が生まれながらに持っているものだ。(略)私は寂しい。だから日記の中で私は私が欲しい応えを書き綴る。自分で自分を養わなければならない。
憂鬱な気分を吹き飛ばす。緑色に染め直した古いコートをはおって、冷たい秋の街に出る。

アナイス・ニン『インセスト』

「明日は別の日」
この言葉を自分に言い聞かせることで、
なんとか夜を乗り越えるの。

眠れない夜と明日

昨夜も、ベッドカバーをはずして眠る準備をしながらひとりつぶやきました。

「明日は別の日」

すこしだけ軽やかな気分になれる、私にとってはかなり効く言葉です。たとえばこの一年間限定で振り返れば、この言葉を一番使っているかもしれません。自分自身に。集中できなくてぜんぜんだめな一日の終わりに、明日は別の日、とつぶやく。明日はもしかしたら何かが降りてきてがんがん書けるかも。なんたって別の日なんだから。

原稿にとても集中できて、こんな日が続けば一年にいったい何冊の本が書けることだろうと思う、そんな希少な日の終わりにも、明日は別の日、とつぶやく。明日は今日みたいに集中できないかも。でもよしとしよう。別の日なんだから。

「Tomorrow is another day」。マーガレット・ミッチェルの小説『風と共に去りぬ』のヒロイン、スカーレット・オハラが親友も最愛の男性も何もかも失ってひとりきり、まさに絶望のどん底で、それでも自分を奮い立たせ、未来への希望をつなぐという感動的なラストシーンのセリフです。

当然、訳す人によって異なります。「明日は明日の風が吹く」、これなら、人生はなんとかなるものだから先のことを思い煩《わずら》うことはない、という意味がこめられるし、「明日に希望を託しましょう」であれば、今日うまくいかなくても明日はきっとよくなるって思いたいよね、と前向きな意味がこめられます。

けれど、私は、ただ「別の日」としています。先のことを思い煩わないでいるのは無理だし、前向きに明日に希望を、というのも嘘のにおいがするけれど「別の日」はそのまま事実だから嘘がなくて、そこに救われるのです。

『風と共に去りぬ』を読んだのも観たのも、いつだったか思い出せないほどにずっと前のことです。そしてそのときはこのセリフが刺さることはありませんでした。

──眠れない夜をどのように乗り越えていますか？

このセリフを日常のなかで頻繁《ひんぱん》に使うようになったきっかけは、ジェーン・バーキン。女優であり歌手であり慈善活動家のジェーン。彼女の六十二歳のときのインタビュー映像にそれはありました。

「好きな言葉は？」という質問に、彼女は「Tomorrow is another day」と答えました。

──明日は別の日。うまくいかないときは自分にそう強く言い聞かせないといけないの。次の日がもっと悪くなることもあるけれど、でもいいのよ。自分にこの言葉を言い聞かせることで、なんとか夜を乗り越えるの。

ああ、ここにも眠れない人がいる、と思いました。

……あなたのような人でも、明日は別の日、って自分に言い聞かせながら、なんとか「夜」を乗り越えなければという、そんなときがあるのですか？　私もどうにもならなくて、それでもなんとか乗り越えようとしている、そんな夜がたくさんあります。

画面に入っていって彼女と語り合いたい想いにかられました。

――明日は今日より悪い日になるか良い日になるかわからない。たしかなのは「別の日」ということだけ

「好きな言葉は？」という質問に「明日は別の日」とだけ答えたのなら、こんなに響かなかったでしょう。そのあとに続く「次の日がもっと悪くなることもあるけれど、でもいいのよ」、このひと言に私はつよく共鳴しました。前向きに生きよう！と前向きに生きるのが困難な人たちを鼓舞するための「Tomorrow is another day」とはまったく異なる諦観が、そこにあったからです。

明日は今日より悪い日になるかもしれないし、良い日になるかもしれない。わかりません。たしかなのは「別の日」であるということだけ。それでも、その事実で夜を乗り越える、ということなのです。

この言葉との出合いから数年後、私は『ジェーン・バーキンの言葉』を書きました。彼女は知れば知るほどにその優しさ強さが胸にせまるような、そんな人生を歩んだ魅力的な人でした。

「Tomorrow is another day」に、あらためて思います。

一つの言葉が自分にとってかけがえのない言葉となるときには、いくつかの条件が重なって、それが起こるのだと。

言葉は言葉として在るのだけれど、その言葉を、誰が、どのような状況で言ったのかということ、そして受けとる側がどんな状況にあるのかということ、そういうことがとてもたいせつなのだと。

ジェーンは二〇二三年の夏に亡くなりました。
彼女が亡くなってからも、私はこうして、ほぼ毎日のように、明日は別の日、と言い聞かせ続けています。そのたびに、あのときのジェーンが浮かびます。

――好きな言葉は？
――明日は別の日。うまくいかないときは自分にそう強く言い聞かせないといけないの。次の日がもっと悪くなることもあるけれど、でもいいのよ。自分にこの言葉を言い聞かせることで、なんとか夜を乗り越えるの。

ジェーン・バーキン／インタビュー映像より／『ジェーン・バーキンの言葉』

あらゆる落胆から
いつも自分を救ってくれたのは、
自分のなかには
破壊されがたい何かがある、と
ひたすら信じ続けることだった。

暗闇と自負心

やめればいいのにSNSを覗く。熱心に活動している人たちの活力に圧倒されて、私には何ひとつ発信したいものなどない、なんの価値もない、とうなだれる。

過去の嫌なことばかり、失敗したことばかりを拾い集めて眺めてみては、私の人生なんだったのだろう、と思う。

この世の中に楽しいことなんて、なにひとつない、と確信する。いままでどうやって生きてきたんだっけ、と途方に暮れる。

ろくに眠れないまま朝をむかえる。今日も一日人間をやらなくちゃいけないのかとすでに疲労困憊している。

暗すぎてすみません。

生きるのがほとほと嫌になるほどに落ちこむことはありますか？

以上は、超低空飛行、つまり、やる気がないなあ、力が出ないなあ、これといって理由もないのに何なのだろうこれ……という状況で何日かを過ごしたのち暗闇に落ちてしまったときの私のようすです。

低空飛行ののち暗闇に落ちることなく浮上できるときもあるのだけれど、ついこの間も、落ちてしまいました。

暗闇に落ちたときは、どんなに周囲の人たちが励ましてくれても、どうにもならなくて、ここから私を浮上させることができるのは私だけ。

そんなことは経験から知っているけれど、知ってはいても、もうどうにもならないのです。

でもこうして生きているわけだから、何度となく、暗闇を抜け出して浮上してきたわけです。そのときどきで何かしらのきっかけがありました。

たとえば、ある年のある日の立ち直りのきっかけは『カミュの手帖《てちょう》』の一文でした。『カミュの手帖』は、カミュがノートに書きつけていた日記や創作ノートをまとめた本。ノーベル文学賞を受賞した偉大な作家が、生きることを困難に思うなかで、それでもなんとか自分を奮い立たせている、その姿勢に胸うたれます。

私はカミュという人がとても好きなので、読んでいると、いつもだきしめたくなってしまう。そのときどきで響くところは異なるけれど、あのとき私の力となったのは、この一文。

――ぼくをあらゆる落胆からいつも救ってくれるもの、それは、ほかに名づけようがないので、勝手に《ぼくの星》と呼んでいるものを絶えず信じ続けてきたことだ。

カミュは基本的には無神論者だったから、救いというところに「神」が出てこないことに、信仰をもたない私は近しさを覚えます。ぼくを救ってくれるのはぼくの星。なんだかとても胸に沁みました。日記のなかにぽつんと置かれたこの一文に彼が何をこめたのかを想像して、この一文を長い時間、私は見つめていました。

最後の最後のところで自分を救うのは、
自分のなかにある破壊されがたい何か

そしてすぐに立ち直りました、というわけにはいかなかったけれど、数日後くらいに、ああ、暗闇から抜け出しつつあるな、という感覚がしました。あの感覚、抜け出しつつあると思えるあの感覚は安堵に近いでしょう。よかった、まだだいじょうぶ。ほっとするのです。

生きるのがほとほと嫌になるほどに落ちこんだり、得体のしれない不安にかられて眠れなくなったり、人と関わることが恐怖だったり、そんなことが多い不安定な自分の性質を、根本的になんとかしてくれ、なんとかしたい、とはもう思わない。

ただ、それでも生き抜くための「何か」が欲しい。

カミュはそれを「ぼくの星」と言いました。

人はひとりでは生きられなくて、人に助けられ、手を差し伸べられて生きています。それでも、最後の最後のところで自分を救うのは、自分のなかにある破壊されがたい何かを信じ続ける、ということ。そう、信じ続けることしかないのです。

ある日の友人からのメールの最後に、似た香りがありました。彼女は苦難の時期にあり、そのことを語ったあと次の言葉で結んでいました。――私ならできるはず。

泣けてきました。彼女は「私ならできるはず」と自分に言い聞かせることで、苦難を乗り越えてきて、いまも乗り越えようとしているのでしょう。

私はよほど元気で強気でいるときじゃないと、そんなふうには思えない。それでも、ぎりぎりのところでも、なんとか崖っぷちから落ちずに生き続けている自分は、わりとしぶといのではないか、と近頃は思いはじめています。

それでも生き続けているという、ささやかな自負心で自分を支える

あのときも、そしてあのときも生き続けてきたのだから、というこの想いは自負心と言っていいのではないでしょうか。

生きてきたってことだけ？ それだけ？ と言われれば自分へのハードルが低すぎてすみません、となるけれど、だからいばれることではないけれど、そんなふうに思うのです。そしてこの自負心は年齢を重ねれば重ねただけ、生きた年数が増えるほどに、少しずつではあるけれど強いものとなってゆくようなのです。

それでもこうして生き続けている。
そんなささやかな自負心が私のなかで私を支えているのかもしれず、だとしたら、
それを信じたいと思い続けることしかありません。

ぼくをあらゆる落胆からいつも救ってくれるもの、それは、ほかに名づけようがないので、勝手に《ぼくの星》と呼んでいるものを絶えず信じ続けてきたことだ。

アルベール・カミュ『カミュの手帖』

親がなくても、子が育つ。
ウソです。
親があっても、子が育つんだ。

葛藤と命のストッパー

先日は娘の誕生日でした。

二十五年前の二月十七日十五時二十六分に、私は新しい命の声を聞きました。

緊急帝王切開になり、看護師さんに出産の瞬間をビデオに撮ってもらったので、二十秒くらいの短いものだけれど、娘の泣き声と、彼女を差し出されて涙する、よれよれの私の顔が映像に残っています。

人生でもっともつよく生を感じた瞬間は？ と尋ねられたら、いくつかの恋愛の瞬間瞬間が浮かぶけれど、それらの瞬間に申し訳ないくらいに、まったく迷うことなく、娘がこの世に生まれたあの瞬間、と答えます。

もっとお子さんのこと、子育てのことを書けばいいのに。そういったことを何度も言われてきました。出版に携わる仕事をしている人から、赤裸々に育児を綴るべき、そこまで書いての作家でしょう、と言われたこともあります。

赤裸々に書かなくては作家と言えないなら、作家じゃなくていいし、赤裸々でなくても書きたいことは書ける、そういうやり方がある、と心のなかで反発したものです。ネタの宝庫なのにもったいない。これはよく言われました。

ネタという響きがとても嫌でした。娘は私の所有物ではないし執筆テーマでもない。なにより、本になったものは取り返しがつかないので、成長した娘に、あんなこと書かないでほしかったと言われる可能性があることを私はしたくありませんでした。

娘が成長して、書いてもいいかどうか判断できるまでは、と思ってきました。

このテーマをふくめ、本書のいくつかの章に娘が登場していますが、彼女の了解を得てのことです。

＝どんなにダメな親のもとでも子どもは育つ

いわゆる子育てのシーズン、私を支えてくれた言葉はいくつかあります。そのなかでも、ほかとは比べものにならないくらい太いのが、大好きな坂口安吾の言葉。

——親がなくても、子が育つ。ウソです。親があっても、子が育つんだ。

これです。座右の銘です。

親があっても子が育つ。なんて心強い言葉だったことでしょう。

どんな親であっても、子どもはなんとか育つ。そう、私のようなダメ親のもとでも子どもは育つ。だいじょうぶ、きっと、こんな親でも彼女は育ってくれる。

言葉にしがみつくようにして、そう願って、しのいできました。

自分の仕事に集中したいけれど、子どもへ注ぐエネルギーも減らしてはならないという葛藤

この人の子どもを産みたい、と希望して、幸運にも授かった命でした。

そして、幸運にも授かった命を育てることは、私の想像をはるかに超える、過酷なものでした。

本や映画で育児が描かれているシーンにふれるたび、たいへんなんだろうなと想像はしていました。現実は、そんな想像を高笑いして一掃してしまうほどのものでした。

……ごめんね、行きたくないのに保育園に行かせて……ごめんね、子どもと遊ぶのが楽しい、って思えなくて……ごめんね、早く寝てほしいとばかり思っていて……ごめんね、仕事のことで頭がいっぱい、いつもうわの空で………

例をあげたらきりがありません。

ごめんね、が限界にきて、泣き叫びながら失踪しないためには「親があっても、子が育つんだ」を念仏のように唱えるしかなかった。


「ママ、ぼんやりしてどうしたの?」「彼女はいま創作活動中なんだよ」「だって、お外を眺めているだけだよ?」「頭のなかでいろんな物語を書いているんだよ」

これは娘と父親の会話。家族旅行に出かけても、いつも私はこんなでした。

親しい人たちから、放任なんだか過保護なんだかわからない、バランスが悪い、といったことを言われることも多く、どうしたらいいのかわからない、と頭をかかえたことも数えきれません。

これだけはしました、と言えることがあるとすれば、健康を考えた食事を作ることと浴びせるように愛を伝えること。この二つ以外は、親部門テストがあったら不合格間違いなしです。いばることではないけれど。

娘が成長するまでの私の人生は、自分の創作活動に集中したいけれど子どもへ注ぐエネルギーも減らしたくない、減らしてはならないという葛藤、これにつきます。つねに人間性を試されている気がしてなりませんでした。

――言葉は、その言葉に救われた人とともに生き続ける

坂口安吾の言葉に新たな魅力を見たのは、娘が小学校の四年生くらいのときだったでしょうか。放課後の小学校の広いグラウンドを走り回る、ほんとにはちきれるんじゃないかと思うほどにエネルギーいっぱいの彼女を見ていて、ふと思いました。

あの言葉、「親があっても、子が育つんだ」、これをずっと私は、どんなひどい親でもなんとかなる、といった親の側から見てきたけれど、それもあるけれど、別の面もあるのではないか。

もっと強く、子どもの、ひとりの人間の、生命力そのものを信じている、そういう言葉なのではないか。だとしたら、なんてたくましく美しい言葉なのだろう。涙がじんわり浮かんできたのを覚えています。

長い年月にわたって何度も救われてきた言葉が、脈打つように、新たな魅力を放つことがあります。ほかの言葉たちで、何度かそういうことがあって、そしてあのときもそうでした。

言葉は生きている。その言葉に救われた人とともに生き続けている。ずっしりと体感しました。

もう無理、永遠に思える、いつまで続くんだ、早く大きくなってくださいたのむから、なんて言っていたのがついこの間のように思えます。

いつの間にか「だっこして」がなくなっていました。いつの間にか手をつながなくなっていました。いつの間にか私の真の相談相手になっていました。

私をよく知るある友人は、娘のことを「命のストッパー」と呼んでいます。いくどか危機がありました。そのとき、私をこの世にとどまらせたのは娘の存在でした。

親がなくても、子が育つ。ウソです。親があっても、子が育つんだ。

坂口安吾『不良少年とキリスト』

さようなら、とこの国の人々が別れにさいして
口にする言葉は、
もともと「そうならねばならぬのなら」
という意味だとそのとき私は教えられた。
「そうならねばならぬのなら」
なんという美しいあきらめの表現だろう。

美しい愛の言葉

先日、銀座に出かけました。

用事を済ませて、電車に乗るために四丁目交差点のメトロへの入り口をおりようとした瞬間、あるイメージが鮮明に浮かんで、涙があふれてきてしまいました。

七年くらい前のことです。東京に遊びに来た両親と銀座で会って、三人でショッピングをしたりあんみつを食べたりして過ごし、夕刻、そろそろ帰るというふたりを見送ったときのことです。

ふたりは手すりをもとめて左右に分かれ、階段を注意深くゆっくりとおりてゆき、もうすぐおりきる、というあたりで肩から上が見えなくなりました。

別れ際、見送るときも見送られるときも、車でも電車でも、姿が見えなくなるまで必ず私を目で追う母は、けれど、振り返ることなく階段をおりきりました。

さすがに階段の途中で振り返るのは危険だからね、と思った瞬間、階段をおりきった母がひょい、と体を直角くらいに折り曲げてこちらを仰ぎ見ました。私もとっさにひょいとしゃがんで足もとで手を振りました。

しゃがんだままふたりの姿が見えなくなるのを待って立ち上がり、ひとりで街を歩きながら胸があたたかくなるのを感じていました。

あんなふうに体を折り曲げて、首を上げて、私を探して手を振って。どこか体を痛くしていなければいいけれど、と案じながら、やはりどんなときも母は、背を向けて立ち去ったりはしない、最後の最後まで私を目で追ってくれる。そのことが私の胸をあたためていたのです。

愛情深い母でした。私は母が大好きでした。

あのとき口にしたのは「気をつけて帰ってね、またね」でした。

あれからおよそ七年後の冬、私は母に「さようなら」を言いました。その言葉を意識してくっきりと口にしたのは、はじめてだったかもしれません。

感嘆するほどに美しいあきらめの表現

――さようなら、とこの国の人々が別れにさいして口にのぼせる言葉は、もともと「そうならねばならぬのなら」という意味だとそのとき私は教えられた。「そうならねばならぬのなら」。なんという美しいあきらめの表現だろう。西洋の伝統のなかでは、多かれ少なかれ、神が別れの周辺にいて人々をまもっている。英語のグッドバイは、神がなんじとともにあれ、だろうし、フランス語のアディユも、神のみもとでの再会を期している。それなのに、この国の人々は、別れにのぞんで、そうならねばならぬのなら、とあきらめの言葉を口にするのだ。

私が好きな作家、須賀敦子が紹介していた、私が好きな作家アン・モロウ・リンドバーグの言葉です。

はじめて読んだときは、それこそなんて美しい文章なのだろうと、そして須賀敦子もアンも、なんてせつなくも美しい感受性をたたえた人なのだろうと胸うたれてしばらく次に進めませんでした。

私はこの言葉に出合うまで「さようなら」を避けてきました。その言葉を言わないように言わないようにしてきました。

もう会うつもりがないという冷酷さがあるように思えたし、それを言ったら、なにか取り返しがつかなくなるようで、こわくて、言えなかったのです。

けれどアンは「なんという美しいあきらめの表現だろう」と感嘆しています。

「明らかに見て受け入れる」という意味の「あきらめる」、この言葉を私はたいせつにしていました。その美しい表現として「さようなら」がある。アンはそう教えてくれたのです。

人生には「さようなら」を言わなければ次に踏み出せない、そんなときも、きっとある

最期のお別れです、と式場の人が告げました。

柩《ひつぎ》に眠る母は、たくさんの花に囲まれて、お気に入りの赤いスーツをまとっていました。そのスーツは私たち三人の子どもたちが還暦のお祝いにプレゼントしたもので、それを着て旅立ちたい、と遺言にあったのです。スーツの色に合わせて娘と姪が塗ったネイルがとてもきれいでした。

美しく死化粧をほどこされた母の頬を私はなでました。つめたい頬をあたためるようにしてなでながら、「さようなら」と私は言いました。さようなら。私は私の人生を生きてゆくからね。心配しないでね。

死別に限らず、人生には「さようなら」を言わなければならないときがあるのでしょう。そうしなければ次に踏み出せない、そんなときも、きっとあるのでしょう。

あのとき、「さようなら」を言ったとき、「そうならねばならぬのなら」という、事実を受け入れるという、あきらめがたしかにありました。

どんなにつらい別れでも、勇気を出してたくさんの想いをこめて、「そうならねばならぬのなら」とあきらめて、「さようなら」を言ったとき、それは、愛の言葉となるのかもしれません。

さようなら、とこの国の人々が別れにさいして口にのぼせる言葉は、もともと「そうならねばならぬのなら」という意味だとそのとき私は教えられた。「そうならねばならぬのなら」。なんという美しいあきらめの表現だろう。西洋の伝統のなかでは、多かれ少なかれ、神が別れの周辺にいて人々をまもっている。英語のグッドバイは、神がなんじとともにあれ、だろうし、フランス語のアディユも、神のみもとでの再会を期している。それなのに、この国の人々は、別れにのぞんで、そうならねばならぬのなら、とあきらめの言葉を口にするのだ。

アン・モロウ・リンドバーグ／須賀敦子
『遠い朝の本たち』

人生は短い。ルールに縛られるな。
すみやかに人を許し、くちづけはゆっくりと。
心から人を愛し、おもいっきり笑え。
そして人生で微笑みをもたらしてくれた
事柄については、
どんなものであれ、けっして後悔するな。

定《じょう》命《みょう》と微笑み

一年に一度の記念日に、たいせつな人と食事をしました。

毎年欠かさず続けてきたことで、今年で二十八回目。

会うなり彼が言いました。

「ピアノ・レッスン、リバイバル上映されるね」

三十年前の『ピアノ・レッスン』が私にとって特別な映画であることを知る人が目の前にいて、その人と、さまざまなことがあったけれど、毎年記念日には会う、ということを続けていることに、胸がじんわりとなりました。いまこうして一緒にいること、共通の話題である娘のことなどをあれこれ話しながら食事をしていることに、いつになく楽天的に、すべてオッケー、と言いたいきもちになりました。

――暗黒シーズンでは響かない言葉もあるけれど

その夜はなかなか眠れませんでした。

過去の出来事が洪水のように押し寄せてきて、けれど、それは嫌なイメージではなく、もちろんそれを思うとまだ苦い水を飲みこんだようになる出来事もあるけれど、彼と食事をしているときに感じていた、楽天的なモードがそのまま続いていたので、わりと自分を肯定的に眺められたのです。

思い浮かんだのは、マーク・トウェインの言葉でした。

その言葉に出合ったのは九年前の春。友人からプレゼントされた雑誌のインタビュー記事にありました。サイエンスライターの吉成真由美さんが好きな言葉として紹介していたのです。

――人生は短い。ルールに縛られるな。速やかに人を許し、接吻はゆっくりと。心から人を愛し、腹の底から笑え。そして自分に微笑をもたらしたものについては、どれも決して後悔するな。

なんてすてきな言葉なんだろう、と感激してノートに書き写したあの日のことをよく覚えています。

九年前のあの日、私は四十九歳になる直前で、長く続いていた心身の絶不調からようやく抜け出しつつある、そんなころでした。

人生を左右する大きな問題を前に、そこから目を背けることなく向き合って、もがいて苦しんで、その結果とった行動に失敗も成功もない、と思いたい。あのときの私は、私なりに精一杯のことをしたのだし、人はできることしかできない。

そんなふうに、ようやく、ほんとうにようやく、考えられるようになってきていたころでした。

心身の絶不調、人生の暗黒シーズンにいるとき、私は「定命《じょうみょう》」と書いた小さな紙を机の前に貼っていました。

定命、これは仏教の教えで、人間の寿命は生まれ落ちたときから定められているという意味です。その言葉を机の前に貼っていたのは、死ぬときを自分で決めてはいけない、と毎日毎時、自分に言い聞かせなければ危険だったから。

危険な暗黒シーズンを抜け出しつつあるなかで、次第にこの言葉を、まだ生きているということは定められた命がまだあるということ、この世でまだ何かすべきことがあるということなのだろう、と考えられるようになってゆきました。

マーク・トウェインの言葉に出合ったのは、まさにそんなときだったのです。

前向き、明るめな空気感をまとっているこの言葉は、暗黒シーズンの真只中《まっただなか》では響かなかったに違いなく、すべてはタイミングということなのでしょうか、暗闇を抜け出しつつある私の背をこの言葉は、ほがらかに、そしてとても力強く、おしてくれました。

愛しいことにゆっくりと時間を使いたい。
そのためにも「すみやかに許す」を心にとめたい

この言葉についてもっと知りたくて調べたところ、出典は不明で、けれどマーク・トウェインの言葉として流布しているようなのです。残念ではあったけれど、すでに言葉と出合ってしまったし胸うたれているので我が人生に取り入れることにしました。好きな部分を私訳して愛用しています。

――人生は短い。ルールに縛られるな。
すみやかに人を許し、くちづけはゆっくりと。
心から人を愛し、おもいっきり笑え。
そして人生で微笑みをもたらしてくれた事柄については、
どんなものであれ、けっして後悔するな。

そう、人生は儚く、命は限られています。

だから、すべてのルールを無視することはできないけれど、自分ではない誰かが決めたルールに自ら縛られることなく生きたい、そう思います。

誰かを嫌ったり恨んだりすることに時間を使いたくない。自分が愛しいと思うことにゆっくりと時間を使いたい。そのために「すみやかに許す」を心にとめたい。そしてどんな経験であっても、そこで一瞬であっても微笑んだ、そんな瞬間があったのなら、どんなことも後悔するな、と自分に言いたいのです。

後悔。我が人生に悔いなし、なんて言えるような人生を送ってこなかったし、言えるような性質でもありません。

それでも、あのとき、微笑んだなら、それでいいじゃない、と思いたいのです。

嫌なことにスポットを当てようとすればいくらでも当てられます。そして、そのようにしかできない日々もまた、あります。

けれど、できるときくらいは、この言葉を胸に歩きたいと思うのです。

人生は短い。ルールに縛られるな。速やかに人を許し、接吻はゆっくりと。心から人を愛し、腹の底から笑え。そして自分に微笑をもたらしたものについては、どれも決して後悔するな。

マーク・トウェイン／吉成真由美さん特別インタビュー「サイエンスと知のゆくえ」より／Richesse(リシェス)No.11 ハースト婦人画報社 2015/3/28

おわりに

デスクの上に真紅の薔薇が三輪、きれいに咲いています。

二週間が経ち、花びらの縁が黒く変色して何枚かの葉は落ちて、しだいにそのようすは変わってきているけれど、丁寧に水切りをしていたからなのか、もともと強かったのか、きれいに咲いています。

本書のカバー写真のモデルとなった薔薇です。イメージに近い写真がなかなか見つからなかったので、一眼レフで写真を撮ることが好きな娘が、朝陽のなかで撮影しました。陰影がある作品で、私はとても好きです。

いままでの人生で救われた言葉をテーマに書いてほしい。

出版社ブルーモーメント社長である娘の竹井夢子からリクエストがあったのはおよそ一年前の春でした。

言われた瞬間のきもちをそのまま言えば、驚きでした。長い間、著名人たちの人生を中心に本を書くなかで、つねに心のどこかにいつか自分自身のことを書くべきではないかという思いがあり、けれどそういう本は望まれないと半ば諦めていたからです。

驚きの次に、ためらいがつよくやってきました。

自分のことを語るのは、著名人の人生を語るのとは別の覚悟が必要だからで、その覚悟をもって書いた本としては、およそ二十年前、三十代半ばに出した『うっかり人生がすぎてしまいそうなあなたへ』というエッセイ集があります。

私自身の体験と言葉との出合いを綴ったもので、一部の人たちからは「この本が一番好き」と言ってもらえているけれど、出版したときに多くの非難を浴びた本でもあります。なかには私の人格を大否定するようなものもあり、自分を語る本を出すことへのおそろしさを充分に体験していました。

そのことを言うと、娘はうんうん、とうなずいて言いました。

「パクチーだからね、パクチーだからこそ書けることを書いてほしいんです」

意味するところはなんとなくわかったけれど念のため確認。

「そう、好きな人はすごく好き、嫌いな人はすごく嫌い。そういう人なんだと思う。それで、嫌いな人のことは考えずに書いて欲しい。本を売るときには、こういう本ですよ、ってわかりやすくするから。好きな人に届くようにするから」

過去のノート、メールマガジンのデータ、掲載誌、ブログ記事……。三十年分の資料をひっくりかえして過去と向き合って、そのダメさ加減に愕然として考えこんで、けれど、世の中にはきちんとした人が著している人生の本はたくさんあるのだから、そうでない私みたいな者だからこそ書けることがあるはずだから、と自分に言い聞かせながら書き進める日々でした。ブルーモーメントのポップアップの手伝いで大阪、名古屋、博多に、アルゼンチンタンゴのフェスに台北へ、コスメ視察のため上海へと、私としては出かけることが多かったなか、本書でもふれている暗闇に落ちたりプチ冬眠をしながら、それでもこうして一冊の本をなんとか書くことができました。

エピソードにあのときの会話を使うことを快諾してくれた友人たちに感謝を申し上げます。人物が特定されないように書きましたが、なかには特定されるものもあり、それでもいい、と言ってくれてほんとうに嬉しかった。

デザインは岩永香穂《いわながかほ》さん。いくつかのカバーデザインがあがってきたときには、あまりにも素敵で、歓声をあげてしまいました。ありがとうございます。

校正と原稿へのご意見で協力いただいた親友の平林力《ひらばやしりき》さん、今回も深謝です。いつも支えてくれてありがとう。校正では山崎向陽《やまざきこうよう》さんにもお力をいただきました。感謝を申し上げます。


本書を執筆中の十一月十四日に母が亡くなりました。

末期癌だったので覚悟はしていたけれど、こんなに早く、突然に逝ってしまうとは思っていなかった。

母の死、葬儀、四十九日の法要……人の一生につよく思いをめぐらせる日々を送るなかで、あらためて胸に感じたことがあります。

誰もがみな、大きな時の流れの一部で、この世に存在する時間は限られている。では存在している間に何をすべきなのか、そんなことを考えたとき、やはり「伝える」ということがあるのだな、と感じたのです。

受け継いだものを次の代に渡すという意味の「伝える」と、自分の考えを知らせるという意味の「伝える」、両方の意味をふくみます。

伝えて、それを次の世代の人たちがどうするのか、それはわからないけれど、先のことは問題ではなくて、とにかく伝えるということ、これがたいせつなのだろうな、とあらためて感じたのです。

「伝える」、これは私がずっと思い続けていることで、本を書いている原動力の一つでもあるのですが、母の死で、母から伝えられたことを想い、私の隣で涙する母の孫である娘を見たとき、胸につよく感じたのです。

母が亡くなった翌日、リビングの棚に即席の祭壇を作りました。母の写真をたくさん飾った小さな祭壇です。毎日お線香ではなくお香を焚いて、エネルギーをください、なんて手を合わせながら原稿に没頭する日々を過ごして、この「おわりに」を書いているいま、なにかいままでにない静謐《せいひつ》な感慨のなかにいます。

本書を愛する母に捧げます。

二〇二四年三月十六日　娘の父、竹井伸の六十歳の誕生日に　山口路子

出版社ブルーモーメントの

生き方シリーズ

それでもあなたは美しい
オードリー・ヘップバーンという生き方 再生版

「オードリーの人生は、はっきりと、美しい。本人がどんなに、そんなことない、と謙遜しようとも、美しい。とくに人生の終盤は、胸うたれないではいられない。」(序章より)

あなたの繊細さが愛おしい
マリリン・モンローという生き方 再生版

「あんなに美しく魅力的なのに、劣等感でいっぱいで、とても繊細なマリリン。私は、彼女が「生きにくい」と嘆きながらも、どんなに絶望しようとも、諦めることなく、真摯に生きた、その姿に惹かれる。そして、そのまなざしでマリリンを見つめたとき、たまらなく愛おしいと思う。」(序章より)

シャネル哲学
ココ・シャネルという生き方 再生版

「シャネル哲学を、つねに自分の中心に置く必要はない、と私は思う。ただ、心の、頭の、体の片隅の小さなジュエリーケースにそっとしまっておくと、思いがけないシーンで、それが鮮やかにあらわれることがある。それは、そのときどきで、勇気、叱咤、決断、激励、自己肯定といったさまざまな色彩をもつ。そして、いつだってなんらかのきっかけ、そう、一歩を踏み出す力を与えてくれる。」(序章より)

特別な存在になりなさい
ジャクリーン・ケネディという生き方 再生版

波乱に満ちたジャクリーンの生涯、彼女の人生のターニングポイントと、そのときに彼女がとった行動、決意を想うと、からだの中心にエネルギーの小さな炎が生まれてくる、そんなイメージだ。その小さな炎は、勇気、自尊心、強《したた》か、といった名をもつ。ジャクリーンの人生をともに歩き終えて、この本をそっと閉じたとき、読者の方々のなかに、そんな名をもつ小さな炎がともっていたなら、私はとても嬉しい。(序章より)

だから自分を変えたのです
ダイアナという生き方

ダイアナの人生は「お勉強ができなくて学歴もなく、かわいいだけが取り柄の女の子」が逆境のなかで諦めることなく闘い続け、「世界規模で圧倒的な影響力をもつ人道主義者」になるまでの変貌物語と言っていい。ひんぱんに絶望し、ひんぱんに号泣し、ときに自分の体を傷つけながらも、彼女が内に秘めていた才能を脅威的に開花させてゆく姿には、心底、圧倒され、涙するほどに心ゆさぶられる。人間はここまで変われるものなのか。畏怖の念を私はいだく。(「序章」より)

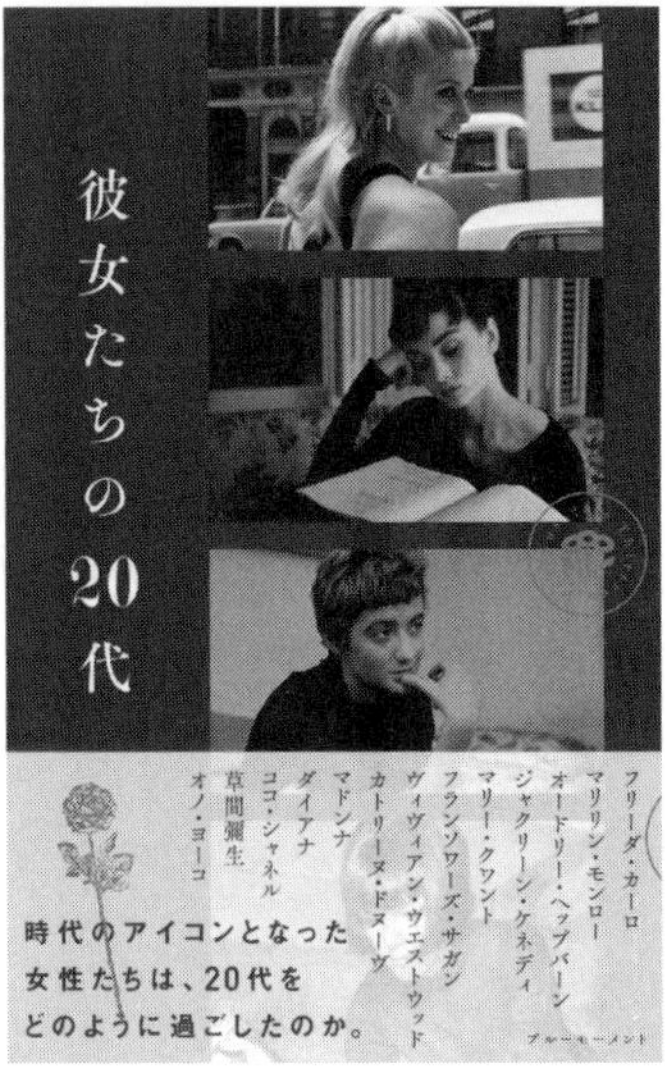

出版社ブルーモーメント　好評既刊

彼女たちの20代

山口路子

時代のアイコンとなった女性たちは、
20代をどのように過ごしたのか ―― 。
すべての世代に贈る、自分のスタイルを
考えるきっかけになる一冊。

オードリー・ヘップバーン、ココ・シャネル、草間彌生、マリー・クワント、オノ・ヨーコ…
時代のアイコンとなった彼女たちは、二十代をどのように過ごしたのか。
何を考え、何に悩み、何に苦しみ、どのようなことに幸せを感じ、どのような出会いがあり、そして、どのように生きたいと願っていたのか。

世界的に有名であること、私自身が興味を惹かれ、伝えたい二十代のエピソードがあること。その視線から十三人を選びました。

若くして世界的な名声を手にした人もいます。明確な目標にむかって無我夢中だった人もいます。軽やかに好きなことを仕事にした人もいます。人生に絶望し自ら命を終わらせようとした人もいます。恋愛に悩みに悩んでいた人もいます。


その色彩はさまざまですが、執筆を進めるなかで、通底するものが見えてきました。

「はじめての経験」にどのように対処するのか、立ち向かうのか、傷つくのか、その後どうするのか。

それがどんなにささやかなエピソードであっても、そこに、すでにその人のスタイルがある、ということです。

そして、それはいまを生きる人々の多くに通底することではないか、と思うのです。

あなたは彼女たちの二十代に何を想うのでしょうか。（序章より）

「自分自身を表現するの。そうしたら自分を尊敬できるわ」……マドンナ

「二十代のころから退屈だけは拒絶し続けてきたわ」……カトリーヌ・ドヌーヴ

「若さのすばらしい点は、
自分にはできると信じて疑わないところ」……マリー・クワント

「惨めなの。自尊心がもてるような活動がしたいのよ」……ダイアナ

「自分らしくなれなかったら
何になってもしかたがないでしょう?」……マリリン・モンロー

「描くことしか自分を救う道はない。芸術に人生を捧げたい」……草間彌生

「私はこうなりたいと思い、
その道を選び、そしてその想いをとげた」……ココ・シャネル

「それはまさに可能性を探す旅だった」……ヴィヴィアン・ウエストウッド

私を救った言葉たち

2024年 5 月2日　第1刷発行
2024年10月　第3刷発行

著者　山口路子

発行者　竹井夢子(Yumeko Takei)
発行所　ブルーモーメント
〒150-0002
東京都渋谷区渋谷2-19-15-609
電話 03-6822-6827
FAX 03-6822-6827
MAIL bluemoment.books@gmail.com

編集　ブルーモーメント編集室
印刷・製本　シナノ書籍印刷株式会社
装丁・本文デザイン・DTP　岩永香穂(Kaho Iwanaga)

978-4-910426-07-5
落丁・乱丁はお取り替えいたします。

本書は書き下ろしです。